諸神的差使
7
淺葉なつ
Natsu Asaba

目錄

序……5
一尊　白銀男神……7
二尊　嚆矢之月……95
三尊　謊言與罪行……145
四尊　湛藍的滿月……219
後記……284

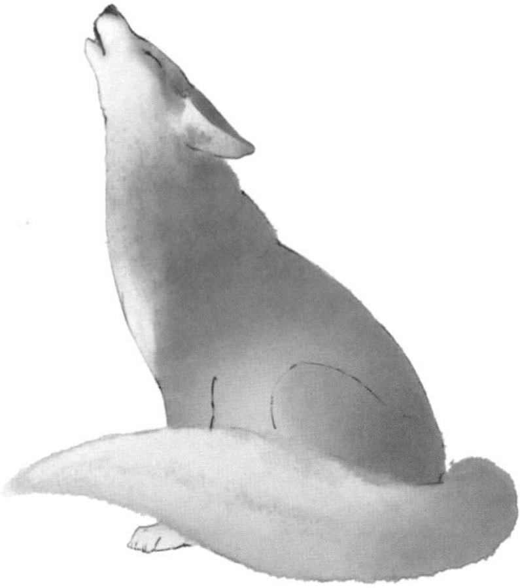

諸神的差使

7

淺葉なつ

主要登場人物

萩原良彥——本作的主角，二十五歲的打工族。被任命為替神明辦理差事的「差使」，趁著打工的閒暇之餘，在日本全國各地奔波。當了一年多的差使，已漸漸培養出自信。

黃金——掌管方位吉凶的方位神，外表是隻狐狸，在情非得已的狀況之下成為良彥的監督者。酷愛甜食，認為良彥收到的甜食全該奉獻給自己。

藤波孝太郎——良彥的老朋友，大主神社的權禰宜。外貌一表人才，總是笑臉迎人，但內心其實是個超級現實主義者。他不知道良彥是差使，對於頻頻探詢神明之事的良彥感到詫異。

吉田穗乃香——大主神社宮司的女兒，高中三年級生。擁有「天眼」，能看見神、精靈及靈魂等等。與良彥相識已滿一年，情感變得越來越豐富，逐漸展露出溫柔真誠的天性。

吉田怜司——穗乃香的哥哥，在東京的企業工作的菁英上班族。雖然擁有靈異體質，卻總是以「巧合」二字解釋所有怪事。由於過度溺愛妹妹，視良彥為眼中釘。

序

根據《日本書紀》記載，應神天皇時代（二七〇年～），有一個人率領族人從大陸渡海來到日本。

那個人名叫弓月君。

一般認為他是秦始皇的後裔，但是關於他的出身眾說紛紜，至今仍然沒有定論。他的族人以日本各地為據點，甚至連當時的都城奈良、京都地方亦有涉足。據說，從事養蠶、絹織業，在治水工程及土地開發方面也一展長才的他們，也參與了古墳建造與平安京、佛寺神社的創建。

這就是古日本發展史上不可或缺的人物——秦氏的起源。

一尊　白銀男神

一

「祂還在哭啊？」

帶著少許隨從拜訪弟弟的女神一下轎子，便啼笑皆非地說道。

「祂這一哭可麻煩了，好不容易茁壯的山河又會枯涸。」

「姊姊，在哭的可是我們的么弟啊，不能說得委婉點嗎？」

弟弟面露苦笑，延請姊姊進入鋪著銀沙的庭園。祂原本打算直接前往宮殿，可是姊姊並未跟上，而是走向庭園邊緣的白色石牆。石牆另一頭，可隔著薄薄的雲層俯視么弟所在的凡間。

「聲音沒傳到我的宮殿來，在這兒倒是聽得一清二楚。」

弟神也來到姊姊身邊，一同俯視凡間。

「我也一直留意祂會哭到幾時，誰知祂竟是哭個沒完沒了……」

「索性去賞祂一巴掌算了。」

「別這樣，祂會哭得更厲害的。」

「祢還有臉說？也不想想是誰在祂小時候慫恿祂跳樹，害得祂嚎啕大哭。」

「祂說祂想變強，我不過是鍛鍊祂罷了。」

「後來連我都挨了父親責罵。」

「因為我據實稟告，自己只是把姊姊對我做的事如法炮製在么弟身上而已。」

兩神聊著姊弟間的體己話，咯咯笑起來。自從父親分封轄地以來，這是姊姊頭一次登門造訪。祂們絕非感情不睦，也非彼此客套，而是身為領袖的責任，讓這對姊弟自然而然地拉開距離。

「祢就是這樣頑固又不知變通，當祢的妻子，想必很辛苦吧。」

「很不巧，拙荊正是深愛這樣的我。」

「祂的喜好真是獨特啊。」

「女兒也平平安安地長大。」

「只能祈禱祂別像父親了。」

姊神用散發著淡淡燐光的衣袖掩口而笑，插在頭上的髮簪垂飾微微搖曳，發出清脆的聲響。姊姊素來不愛穿金戴銀，但現在為了展現權威，身上穿戴了許多飾品。

「神的生命、凡人的生命、飛禽、走獸、昆蟲都同樣尊貴，無從比較。咱們那個么弟可明白這一點？」

「或許祂的腦子雖然明白，身子卻跟不上。」

兩神的烏黑秀髮隨著微風飄揚。

「……話說回來，瞧祂哭得那麼肆無忌憚，我反倒有些嫉妒呢。」

姊神合攏衣袖，喃喃說道。

「現在我必須一面討好那些老神，一面維持天庭與凡間的均衡，根本沒時間掉眼淚。要當個明理又聰慧的女神可是很辛苦的。」

「哦？我以為姊姊原本就是聰慧的女神。」

姊神輕輕瞪了耍嘴皮子的弟弟一眼。

「既然坐上首領之位，就該有首領的樣子。若是態度過於強硬，便會引發反彈，所以必須圓滑處事，以求將反彈降至最低。這和跟祢打一架便能輕易分出勝負的從前大不相同。」

姊神嘆一口氣，再度望向凡間。

「現在，我比祢所想的還要無力許多。任憑我竭盡心力，但總有高牆阻攔。或許過一陣子，我就只能躲在深宮裡喝甘葛汁吧。」

姊姊雖然性情剛烈，但與生俱來的慈悲心讓祂絕不會如幼時那般暴橫行事。祂的自律心應該是三姊弟之中最為強烈的。聽說祂現在事事都得向那些老神請示。正因為祂聰慧，所以祂比任何人都對於綁手綁腳的現狀感到心焦。雖然父親賜予祂的力量，強大到足以改變政治結構的地步，但祂期望的是和平的政權轉移。

「這麼一提，你還記得么弟頭一次反抗我們的情景嗎？」

姊神突然憶起往事，轉向弟弟問道。

「怎麼會忘呢？當時姊姊和我大吵一架。」

「祂則擺出一副不容分說的態度，要我們和好。」

「我常想，說不定么弟才是最強的。」

「同感。」

兩神暗自竊笑，傾聽持續傳來的么弟哭聲。

「……祂的心地也是最善良的。」

姊神的低語宛若輕柔的羽毛。

「我現在終於明白父親為何派祂到凡間去了。」

弟弟默默凝視著如此輕喃的姊姊側臉。祂那雙英氣凜凜的眼眸與平時並無不同，但不知何故，現在看起來有些無助。

「話說回來，祂實在是哭過頭了，找個適當的時機制止祂吧。」

「索性給祂一巴掌，就說是姊姊交代的。」

「以祢的作風，這回或許會把祂推下懸崖吧。」

祂再度發出如音樂般美妙的笑聲。

「不知何年何月才能再聽見么弟的怨言？但願有一天咱們三神能夠再相聚。」

如今各自有了轄地，比起姊弟敘舊，祂們更該專注於完成自己的使命。任何事都要等到完成使命之後再說。

「當湛藍色的滿月升起時，便是我們再相聚之時。」

眾神的庭園在月光的擁抱中，瀰漫著安寧的氣氛。

⛩

過了一月中旬，迎接正月的京都街頭終於逐漸恢復平時的樣貌。說歸說，由於京都是聞名國際的觀光勝地，即使在這個時期，名勝古蹟依然是人潮洶湧。如今，搭乘地下鐵或巴士，沒看見外國人的日子反而比較稀奇。良彥也已經習慣在隆冬看見穿得出奇單薄的背包客了。

這一天，良彥正要前往四條路西側盡頭的某座神社的攝社。灰濛濛的天空似乎隨時可能下雪，盆地特有的刺骨寒意驅使良彥自然而然地加快腳步。徒步前往神社距離太遠，良彥猶豫著該搭乘巴士還是民營地鐵，最後決定到地下的車站搭車。轉車雖然麻煩，但也無可奈何。

就在良彥如此暗忖，打算帶黃金加入燈號一轉綠便一齊通過路口的群眾時——

周圍的喧囂聲倏地消失，車子引擎聲、腳步聲及風聲也戛然而止，良彥不禁愣在原地。熙熙攘攘的行人就著步行中的姿勢停下動作，眼睛眨也不眨；即使對他們說話、在他們的眼前揮手，他們依然毫無反應。

「你鬼鬼祟祟地在幹什麼？」

隨即，一個高頭大馬的男子出現在手足無措的良彥面前。

「有何疑問，直接開口問我。」

只見來者身長兩米，有著一身結實的肌肉與烏黑的長鬚；腰間佩帶的鑲金長刀、掛在脖子上的翡翠玉石與湛藍色的勾玉首飾，更加襯托出祂的威嚴。祂的聲音在丹田低沉地迴響，在那雙心思難辨的眼眸俯視下，良彥的雙腳絲毫無法動彈。用區區「威迫感」三字無法形容的氣氛支配著現場。

前所未有的緊張感從良彥的腳邊往上爬。

有別於過去見過的任何神明，一股難以言喻的恐懼緊緊勒住他的心臟。

「還是說，你那張嘴只是用來裝飾的？」

如此出言挑釁的，正是蒼藍貴神──須佐之男命。

⛩

『須佐之男命的心願？』

在連線協力遊戲告一段落後，一言主大神訝異地複述良彥提出的問題。

「對，這次的差事神委託的就是這件事。祂說祂想報恩，但要是自己去問，須佐之男命會跟祂客氣，什麼也不說，所以要我幫祂打聽。」

良彥調整耳機的位置，瞄了放在旁邊的宣之言書一眼。新的神名是在前天浮現的。良彥立即前往神社拜會本神，而他萬萬沒想到對方交辦的差事竟與須佐之男命有關。

『我怎麼可能知道？我連上次見到須佐之男命是什麼時候都不記得了。』

良彥和一言主大神每個月都會開啟語音通話功能連線打遊戲，也可順道問候對方的近況，可說是十分方便，唯一的缺點是容易忘了時間。

『比起我，你應該有更適合問這個問題的對象吧？』

一言主大神啼笑皆非的聲音以清晰的音質傳過來。

「話是這麼說沒錯啦……」

良彥抓了抓頭。其實良彥倒也不是毫無頭緒，他認識幾個須佐之男命的兒女。

「大年神的聯絡方式我不知道，而且祂總是巡迴各地，很難見上一面；宗像三女神又不能對外聯絡……」

良彥背後的床鋪上，縮成一團的黃金正緊盯著他。當然，透過黃金，應該可以聯絡上其他神明，但這尊毛茸茸的神明不樂見他這麼做。祂認為差事該由身為差使的凡人獨力解決才對。

「光是靠那個叫什麼網路的東西聯絡一言主大神，就已經夠異常了……」

黃金喃喃說道，但良彥裝作沒聽見。開始打遊戲之前，良彥已經先拿麻糬巴結過黃金，然而似乎不夠。

『須勢理毘賣呢？』

不知道一言主大神在吃什麼，說話聲裡夾雜著清脆的咀嚼聲，八成是零食吧。就在良彥如此猜測時，耳機傳來阿杏的勸諫聲：『一言主大神，待會兒就要用膳了。』

「我問啦。問是問了……」

良彥拄著臉頰嘆一口氣。須勢理毘賣是須佐之男命的女兒，在眾多兒女中，良彥只知道祂的聯絡方式；非但如此，辦完須勢理毘賣交辦的差事後，他們仍有往來，所以良彥當然是頭一個就找上祂。

『哎呀，良彥，好久不見。難得你主動聯絡我，有什麼事嗎？』

談話始於開朗的問候，還算是個好的開始。

『咦？爹的心願？比方想要的東西之類的嗎？哎呀，良彥，天底下有什麼東西是須佐之男命得不到的？』

須勢理毘賣一笑置之。就某種意義而言，祂的反應在良彥的預料之中。

『再說，祂已經有個美麗溫柔的妻子和遺傳了妻子美貌的女兒，還有什麼不滿足的？』

這種自信無上限的自賣自誇是事實，良彥只能接受。

『……欸，別說這個了。我那個老公把祂這麼美麗的妻子獨自擱下，不知道跑去哪裡。祂有沒有去打擾你？』

氣氛就是從這個時候開始不對勁。

「祢知道我聽須勢里毘賣發了多久的牢騷嗎？兩小時耶，兩小時！」

良彥想起昨晚的惡夢，抱頭苦惱。他被迫聆聽又臭又長的大國主神獵豔史，超過兩小時後才硬生生地掛斷電話。當時還只說到神代天孫降臨的部分而已，要是聽祂說到平成年代，不知道得花上幾天？相較之下，良彥寧願帶著清澈的眼神，恭聽日常生活中的老人家吹噓幾十年前的英勇事蹟。

「結果半點值得參考的情報都沒問到……」

良彥本想乾脆去問大國主神，又擔心被扯進家務事裡，便打消了主意。別的不說，大國主神向來刻意與岳父保持距離，祂的意見大概沒什麼參考價值。

『不過，須勢理毘賣說得也有道理。』

一言主大神的沉著聲音透過耳機傳來。

『須佐之男命自神代以來跨越了各式各樣的難關，如今應該沒有什麼尚未達成的心願吧？』

「或許是如此。不過，這就是我的差事。」

『差事是報恩吧？我看你只好另尋方法達成了。』

「不過，差事神幾乎寸步不離神社，方法有限……」

聽見良彥不乾不脆的答覆，一言主大神啼笑皆非地嘆一口氣，做好十足的心理準備後，開口問道：

『差事神是誰？』

良彥再次瞥了宣之言書一眼。雖然他已經開始閱讀《古事記》，但是認識的神明依然不多，不過，就連這樣的他都對這個名字有印象。

「……月讀命。」

頁面上用濃墨書寫的名字，正是須佐之男命的胞兄。

⛩

根據《古事記》記載，追著伊耶那美神前往黃泉國的伊耶那岐神回到人世淨身時，自左眼生出天照太御神，自右眼生出月讀命，而最後沖洗鼻子時生出的則是須佐之男命。這三尊神明被稱為三貴子，在伊耶那岐神所生的諸子之中地位格外不同。然而，與姊姊天照太御神以及弟弟須佐之男命相比，月讀命的知名度略遜一籌，即使聽過祂的名號，知道祂具體上有何事蹟的人想必不多吧。這是因為祂在《古事記》和《日本書紀》中登場的場面極少，幾乎沒有記述之故——這是良彥這幾天惡補來的知識。

在桂站轉車，並在松尾站下車後，橫跨道路的巨大紅漆鳥居映入眼簾，然而，良彥並未穿過鳥居前往本殿，而是往南走向住宅區。他經過香客用的停車場，一面聆聽園童在庭院裡嬉戲的聲音，一面走過幼稚園旁邊，穿過獨棟大平房並立兩側的巷子之後，便是一座小公園，公園對面即是神社。良彥走上了通往神社境內的石階。

「抱歉，穿幫了。」

登上石階、穿過大門之後，四方無牆的祈禱殿映入眼簾。良彥苦著臉，對坐在殿裡的銀髮男子說道。

「我本來想悄悄打聽，可是祂好像聽到了風聲……」

剛才在大路上遇見須佐之男命的興奮與恐懼之情尚未冷卻。須佐之男命突然現身攔路，良彥費了九牛二虎之力才沒有逃之夭夭。這麼一提，良彥忘了叮嚀須勢理毘賣別說出去，或許風聲就是從祂那裡走漏的。

「話說回來，沒想到本神會親自出馬。」

黃金在良彥的腳邊搖動尾巴。面對須佐之男命，良彥能夠勉強保持冷靜，全是託這尊狐神之福。即使對上三貴子之一，身為太古之神的祂依然毫無怯意。對於黃金而言，或許須佐之男命也只是個毛頭小子而已。

「所以必須另外想個辦……」

良彥話說到一半，雙手戴著黑手套的男神便搖曳著銀色長髮緩緩起身，困惑地制止他：

「恕我失禮，你，是誰？」

斷斷續續的話語毫無抑揚頓挫，與頭髮同色的白銀眼眸迷惘地眨動著。

「祢還問……啊，對喔！」

良彥本想說「我們三天前才見過面」，卻又想起祂連昨天的事都記不住。

「去看日記！日記！」

「日記……」

「就是祢懷裡的東西。」

「這個嗎？」

身穿白底銀粉狩衣，令人聯想到月光的月讀命在良彥的催促下，從懷中取出一本文庫本大小的冊子。冊子裡記錄了當天發生的事，是月讀命重要的記憶保管庫。雖然祂記得日常用品的使用方法及名稱，但是過去發生的事、見過的人及說過的話之類的記憶，卻是過了一夜便會完全消失。

「這下子可棘手了。」

黃金帶著五味雜陳的表情仰望翻動頁面的月讀命。祂那雙銀色眼眸冷冰冰的，看不出任何感情；一頭長髮在腦後綁成一束，肌膚白皙透亮，從外貌看不出祂究竟是年少或年邁。祂的動作也極為緩慢，步履蹣跚，良彥剛見到祂時，甚至懷疑祂是不是機器人。

「……原來如此，三天前的我，曾託你，做這件事啊。」

月讀命終於明白良彥是什麼人了，臉頰僵硬地扭曲起來。良彥這才發現那是祂的笑容。

「對，可是被須佐之男命發現了……」

「這也是，無可奈何之事。」

月讀命面無表情地對含糊其詞的良彥搖頭，示意他別在意。

「舍弟，直覺敏銳，而且，比任何人，都細心，總是能夠，很快地，掌握我的動向。」

記憶無法保留的月讀命，唯一記得的就是胞弟須佐之男命。每當談到弟弟，祂總是一臉開心，令良彥印象深刻。

「細心……」

良彥苦澀地想起那尊絲毫不掩飾對自己的威嚇之意的男神。看來自己和月讀命的見解大不相同。這大概就是親人的有色眼鏡吧。

剛才，面對憑空現身的須佐之男命，良彥鼓起所有勇氣，老實告訴祂是為了差事。

「如果讓祢感到不愉快，我道歉；但是差事神擔心直接問祢，祢不會老實回答，所以我才向祢的兒女打聽。」

起先，須佐之男命似乎頗感興趣，但是一得知委託神是自己的哥哥，倏地變了臉色。那不像是出於喜悅或快樂的表情。

「……你和家兄見過面了？」

面對這個問題，良彥困惑地點了點頭。

「對，三天前……」

須佐之男命垂下視線，若有所思，隨即又以一如往常的目光射穿良彥。

「如你所見，家兄體弱多病，有時會胡言亂語。」

「可、可是……」

「報恩就免了。」

須佐之男命打斷良彥的話，說出足以斬斷空氣的強烈一語。祂的魄力逼得良彥不禁往後退一步。那雙俯視自己的眼睛深不見底，看不出任何感情，令良彥忐忑不安。這種感覺活像遇見帶有凶器的未知生物一般。

「別在我身邊繼續打轉。」

須佐之男命留下這句話之後，粗壯的手臂一揮，便消失無蹤。

有別於哥哥月讀命，須佐之男命在《古事記》與《日本書紀》中的故事多不勝數。因祂嚎啕大哭，使得大地乾涸；而在高天原，則將姊姊天照太御神的田地弄得亂七八糟外加拉屎，後來還不容分說地斬殺大氣都比賣神；本以為祂打倒八俣遠呂知、娶妻之後性子變得穩重一些，誰知又因為愛女心切而提出難題，害得大國主神險些喪命於考驗中。良彥聽當事者大國主神細數這些事蹟時，只有「好像很恐怖」的印象；實際見面之後，才知道須佐之男命不是「好像很恐怖」，而是「確實很恐怖」。

「這件事正好給你上了一課。」

良彥回想起那雙光是一瞪就讓自己動彈不得的碧眼，不禁打了個冷顫。黃金得意洋洋地抬起頭來，對他說道：

「並不是所有神明都願意與你為友，這一點你得牢記在心。那股令人畏懼的威嚴和不怒自威的氣勢，才是神明原有的風範。身為神明，用什麼網路、智慧型手機，真是可嘆啊……」

「咦？那隻狐狸，莫非是，方位神老爺？」

再度把視線垂落至日記上的月讀命，似乎總算讀到關於黃金的記述，微微地瞪大眼睛。

「祢現在才發現？」

「對不住，我還以為，是他方的，稻荷神。」

「祢在日記裡加上這句：『稻荷的使者是白毛，方位神則有美麗的金色毛皮。』」

「我，明白了。」

一板一眼的月讀命深深地低頭致意，走回神社裡找毛筆。本殿後方就是山，可聽見源源不絕的流水聲。

這座神社是車站前大神社的攝社，祭神是月讀命，然而據祂所言，這座神社原本位於壹岐，信奉的是與航海及山地有關的神祇，被迎請到此地時，與日本的月神月讀命混同，才變成現在的情況。良彥初次造訪此地時，月讀命一面回顧自己寫下的書卷一面如此說明，並告訴良彥，就是弟弟須佐之男命照料了變成這副模樣的自己，所以祂想報恩。

「……可是須佐之男命卻說那種話……」

良彥想起斷然拒絕的須佐之男命，盤起手臂。月讀命對於須佐之男命推心置腹，但弟弟似乎並非如此。話說回來，良彥倒也不認為那尊凶猛的男神會照顧自己厭惡的對象就是了。

月讀命打開神社大門，在書卷雜亂堆放的房間裡找到筆硯，照著吩咐，將黃金的事詳細記錄於日記中。

「都是因為我，殘缺不全，才給你添了，這麼多麻煩，真是，過意不去。」

月讀命放下毛筆，把視線轉向良彥。

「我跟你，提過多少，自己的事？」

「很多，像是須佐之男命教祢每天寫日記，安排祢輪流巡視全國各地奉祀月讀命的神社，還有——」

良彥屈指細數，微微壓低了聲音。

「祢失去荒魂的事……」

據黃金所言，月讀命原本擁有一頭倒映黑夜的烏黑長髮與月光般的金色眼珠，之所以變為銀髮銀眸，並不僅是因為力量衰退，更是因為祂身上沒有荒魂之故。

「神明擁有帶來陽光、雨水以滋潤大地的這類溫柔和平的和魂，以及引發天災地變、瘟疫的凶猛暴力的荒魂。現在月讀命身上只有和魂……是這個意思沒錯吧？」

良彥原本並不知道和魂與荒魂的存在。聽說有些神社只奉祀荒魂，但老實說，從前他根本沒留意過這些事。

「對，沒錯。」

低垂雙眼上的睫毛也是足可透光的銀色。月讀命合起祂不時發疼的雙手，隔著手套輕輕摩擦。祂說祂的腳趾也同樣會發疼，所以大多時候都是坐著。

「我之所以，沒有從前的記憶，似乎也和，失去荒魂有關。當我察覺時，已經變成，這副模樣，也不知道，荒魂，到哪兒去了。」

同為伊耶那岐神生下的三貴子之一，天照太御神被奉祀在伊勢神宮，須佐之男命於全國各地皆有神社，而且知名度極高，唯獨月讀命變成這副令人心疼的模樣，令良彥格外同情。

「接下來要怎麼辦？」

始終緊盯差事進度的黃金在良彥的腳邊問道。

「須佐之男命都那麼說了，就算硬送祂什麼禮物，祂大概也不會高興吧……說歸說，要直接為祂做什麼事，門檻又太高……」

「差使兄。」

月讀命用單調的聲音對陷入思索的良彥說道：

「對不住，勞你，如此費心。」

雖然表情未變，那雙銀色的鳳眼卻堅定地注視著良彥。

「須佐之男命，一直很關心，變成這副模樣的我。祂是我，血濃於水的弟弟，沒有祂，我就是，孤單一人。」

月讀命歪起臉頰，垂眼望著書案上的成堆日記。祂記錄的僅有漫長歲月的一小部分而已。

「說來不知，是幸或不幸，我的記憶，維持不了一天，所以我，鮮少感到寂寞。不過，有時候，還是會突然，萌生強烈的孤獨。這種時候，想起唯一，記得的弟弟，心裡便，踏實許多。」

月讀命把手放在胸口，緩緩地眨動眼睛。良彥五味雜陳地看著祂。雖然記憶力與力量都大幅衰退，祂依然念著弟弟。

「我本想做些，讓祂高興的事，無可奈何，改為別的差事吧。」

「可是……」

良彥本想繼續堅持，最後還是閉上嘴巴。如果須佐之男命當真一無所求，這麼做便違背了月讀命的心意。

「別的差事……祢有什麼其他的心願嗎？」

黃金把尾巴纏在自己的腳上，歪頭問道，月讀命也跟著歪頭思索。站在祂的立場，自然是能夠讓須佐之男命高興的事最好。

「——啊，不如這樣吧！」

良彥靈機一動。

「改成尋找月讀命的荒魂，如何？」

「尋找……荒魂……？」

不知月讀命是不是從沒想過這件事，反應十分平淡。相對地，黃金卻是露骨地皺起鼻頭。

「你在胡說什麼？如果連你都找得到，月讀命早就找到了。那可是祂的半身啊！」

「不試試看怎麼知道？說不定祂是因為力量衰退才找不到的啊。再說，如果找回荒魂，或許須佐之男命也會高興。」

聞言，月讀命微微睜大眼睛。

「或許舍弟，也會高興……？」

「是啊。身為弟弟，當然希望哥哥健健康康的嘛。」

實際上，縱使找回荒魂，也許月讀命的記憶仍舊無法恢復，不過頭髮和眼珠的顏色，以及表情與疼痛的手腳應該能夠復原吧。

「可是！大神已經受理了完成須佐之男命心願的差事，豈可輕易更改！」

聽黃金這麼說，月讀命露出遲疑之色。黃金乘勝追擊：

「差使不可以誘導差事！差事必須由月讀命自己決定。再說，尋找荒魂能否博得須佐之男命的歡心，仍是未定之數！」

「咦？祂當然會高興啊。」

「那不過是你一廂情願的想法罷了。」

這隻狐狸還是一樣不知變通。良彥面露不快之色，黃金清了清喉嚨，重新坐下。

「總之，先問問月讀命的打算。」

在良彥與黃金的注視下，月讀命依舊面無表情，困惑地眨了眨眼。

「……我的，打算……」

月讀命斷斷續續地說道，垂下視線。

「我從未動過，尋找荒魂，的念頭……或許是因為，我以為自己，原本就沒有荒魂。」

看見祂的反應，黃金不安地動了動耳朵。

「若能，找回荒魂，是否能夠，稍微減輕，舍弟的負擔……」

良彥本想附和「鐵定比現在更好」，又及時忍下來。既然不能誘導差事，他只能默默等待，直到黃金無從反對為止。

月讀命思索片刻後，將視線緩緩地轉向良彥。

「……那麼，差使兄，可以拜託你嗎？」

聞言，良彥從斜背包中拿出了宣之言書。

「祢真的要這麼做？」

黃金再次確認，月讀命歪斜嘴角，點了點頭。

「我想拜託，差使兄，尋找我的荒魂。」

隨後，良彥手中的宣之言書散發出光芒，寫有月讀命名字的頁面自動打開來。只見原本就上了墨的文字出現一道光芒，重新描寫一遍，最後在頁面上留下漆黑的神名。為求慎重起見，良彥又等待幾秒，但未出現更多的變化。

「……依然是維持上了墨的狀態，代表ＯＫ吧？」

如果大神不同意這項差事，神名應該會變回淡墨才是。黃金豎起雙耳，欲言又止地凝視著面露賊笑的良彥。

二

這一天的午休時間，班導把擔任值日生的穗乃香叫到教職員室，託她分發下一堂課要用的講義。午休時間的教職員室裡，充斥著影印機的運轉聲與咖啡、墨水的味道。有的教師正和來訪的學生親暱地說話，也有的教師正在默默寫字。班導接起內線電話，對穗乃香和男值日生使了個眼色，示意「麻煩你們了」。

「這些我來搬，那些給妳。」

講義共有三種，男值日生搬的是用釘書針將數張紙裝訂成冊的那兩種較重的講義，留給穗乃香的則是較輕的B５尺寸講義。

「呃……」

我可以多搬一點，你搬那麼多一定很重吧——這句話爬上喉嚨，卻在成聲之前便煙消雲散。在穗乃香磨磨蹭蹭的時候，男學生已經離開教職員室，被獨自留下的穗乃香微微嘆了口氣，抱起手邊的講義。

上週末，大學會考結束，距離畢業只剩不到兩個月。穿上新制服入學彷彿僅是幾天前的事。一般考生或許仍過著忐忑不安的生活，但對於年底已經確定直升附屬大學的穗乃香而言，卻是等待春假來臨的季節。寒假結束後，一週只上兩、三天課，而且幾乎都是上午就上完了。今天也一樣，上完下一節課之後，三年級生即可提早放學。

穗乃香走向自己的教室，想著已經不見人影的另一個值日生。今天應該是他們最後一次一起值日吧。穗乃香和對方原本就不熟，可是一想到直到最後都是這種狀態，她便覺得自己窩囊極了。到頭來，她連聲「謝謝」也說不出口。三年的高中生活期間，能夠輕鬆交談的對象，只有透過差事認識的遙斗一人。比起與任何人都不相熟的國中時代，或許已經算得上是莫大的進步了吧？穗乃香翻來覆去地想著這些事，在轉角與一個低年級生擦身而過時撞上肩膀，講義因此散落一地。

「對不起！」

低年級生立刻低頭道歉，撿起散落在走廊上的講義。

「對不起，我不該發呆……」

穗乃香也連忙蹲下來。午休時間所剩不多，若不快點撿起講義回教室，會造成班上同學的困擾。路過的學生紛紛投以好奇的視線，為防他們踩到講義，穗乃香急忙加快動作。

「拿去。」

講義遞到眼前，穗乃香遲了數秒才抬起頭。首先映入眼簾的是微捲的茶褐色明亮頭髮，接著是筆直凝視自己的堅毅眼眸。穗乃香對這個女學生毫無印象，只能從她的紅色領帶勉強判斷出她和自己同學年。

「……謝、謝謝。」

穗乃香花了點時間才明白對方替自己撿起了講義。她已經習慣被人敬而遠之，因此遇上這種情況，往往一時間會意不過來。

不遠處，有個小團體如此呼喚那個女生。幾乎觸犯校規的裙子長度，代替外套的針織衫，工整的眉毛和精心抹上淡色唇膏的嘴唇。就連穗乃香也對遠比其他學生時髦的她們有印象。

「望～該走了～」

叫做望的女孩瞥了穗乃香一眼，遞出講義，緩緩站起來。她的個子以女生而言算高，修長的雙腿引人注目；有別於小團體中的其他女學生，她的制服穿得整整齊齊，嘴唇也不帶光澤，但不知何故，光是站著便能吸引旁人的目光。

穗乃香迷迷糊糊地目送望緩緩追著邁開腳步的小團體離去。這個小團體向來醒目，穗乃香也看過許多次，卻對望毫無印象。是因為只有望帶著一股異質氛圍的緣故嗎？

「呃……」

撿拾講義的低年級生略帶顧慮地呼喚。穗乃香回過神來，道了聲謝，接過講義。

在學校生活中，最讓人感觸深刻的就是「物以類聚」四字。尤其是女生，總是慎重地劃分自己身在團體中的定位。長得好看又有人緣的美女位於頂端，其次是加入主流運動社團的人，接著是外貌雖不出色但溝通能力良好的人，而加入非主流文化社團或外表較為邋遢的人則是處於底端。雖然這種階級制度僅適用於學校這種狹窄的社群，但對於活在這個世界裡的學生而言，卻是攸關生死的問題，即使是穗乃香也不例外。在國中時，穗乃香毫無疑問地是處於底端，可是升上高中後，卻有種被放置在框架外的感覺。這就和把燙手山芋丟給別人的道理相似，旁人不會干涉她，但也不會接納她成為團體中的一分子。穗乃香只能接受這樣的處境。沒有被人辱罵或遭受暴力排擠，已經該慶幸了。

放學後，穗乃香倒完值日生負責的垃圾，在一樓的樓梯口仰望沐浴在雲層間灑落的餘暉之中的校舍。中午提早放學，穗乃香吃完午餐後留在圖書館讀書，因此較晚回家。垃圾原本是男值日生該負責倒的，但穗乃香剛才回教室時，卻看見垃圾桶仍然是滿的，便拿去倒了。八成是男學生忘記倒垃圾便回家了吧。

穗乃香對著凍僵的手呵出白色氣息，拿著清空的垃圾桶，再度邁開腳步。這陣子，繞路回教室是穗乃香的小小樂趣。她總是刻意走平時不常經過的特別教室或其他學年的教室所在的大樓回去。即使是度過三年的校舍，一想到以後或許不會再來了，景色便顯得格外新鮮。高中生活雖然苦多於甜，但依然是寶貴的青春時代。

低年級生也已經踏上歸途，校內的學生不多。穗乃香從一樓一口氣爬上四樓，打算橫越大樓返回自己的教室，卻發現工作室並列的轉角燈光亮著。

「……美術室？」

時間已超過四點，應該不是在上課。校內有美術社，但好像不是那麼熱衷於活動社團。無論如何，要回教室必須經過美術室前，因此穗乃香照著平時的步調在走廊上行走。面向走廊的毛玻璃窗開了一道細縫通風，穗乃香有些好奇，便透過縫隙窺探教室裡。只見桌椅都被挪到角落，正中央空出的寬敞空間擺著一個畫架，上頭有一幅畫。

「啊……」

穗乃香忍不住拉開窗戶，吁了一口氣。足足有一公尺寬的畫布上，畫著一個背對畫面仰望月亮的女性，她身上穿著與古代唐裝相仿的寬鬆衣物。雖然只上了淡淡的色彩，但依然可看出，那頭猶如月光的金色長髮與衣物的細節都畫得相當仔細。其中最打動穗乃香的，是宛若守護著女性一般照耀她的藍月。在漆黑與藏青交雜的夜色中，閃耀著青白色光芒的月亮是個完美的圓形。與筆觸仍然淡薄朦朧的人物相比，塗上清晰色彩的夜空可讓人窺見作畫者非畫月亮不可的強烈意志。

「有什麼事嗎？」

正當穗乃香屏氣凝神地欣賞這幅優美無比的畫作時，這道聲音毫不誇張地讓她整個人僵住了。回頭一看，一個女學生滿臉訝異地注視著穗乃香。她剛才似乎是去準備室拿畫材，身上沒穿外套，襯衫袖子率性地往上捲，隨意束起的頭髮是引人注目的茶褐色。

「……啊！」

沒花上多少時間，穗乃香便發現對方就是替自己撿拾講義的那個女孩。記得她的名字叫做望。望察覺穗乃香在看畫，便快步走向畫布，將畫翻轉過去。

「……對、對不起，因為畫得很漂亮……」

穗乃香連忙道歉。雖然窗戶是開著的，但她的行為確實是偷窺。

「……呃……」

「那是妳畫的？」

穗乃香覺得自己必須說些什麼，開口以後卻又支支吾吾。

「……對。」

「我從沒看過那麼美的月亮……」

「謝謝。」

女學生冷淡地回答，終於把視線轉向穗乃香。

「這件事別告訴其他人。」

穗乃香不解其意，望又繼續說道：

「我畫畫的事。」

在那雙帶有奇妙色彩的雙眸凝視下，穗乃香無意識地倒抽一口氣。

「……為什麼？」

穗乃香絲毫沒有四處宣揚之意，但是望刻意叮嚀，反而引她好奇。那幅畫畫得那麼好，望沒必要遮遮掩掩的。

望有點煩躁地垂下雙眼。

「我懶得說明。」

說完，她再度走進準備室。她把搬來的畫材放下之後，便回過頭來，對著一頭霧水的穗乃香說道：

「還有什麼事嗎？」

聞言，穗乃香不禁咒罵自己的遲鈍。望說她懶得說明，代表她無意告知理由，自己待在這裡只是礙事而已。

「對不起……」

穗乃香再次道歉，逃也似地離開現場。

她快步在走廊上前進，發現自己雖然碰了一鼻子灰，情緒卻意外高昂。縱使只有一瞬間，能看見那幅畫，她仍覺得非常幸運。美麗無比的月亮烙印在她的腦海中，縈繞不去。

卄

松下望。

說來意外，穗乃香是從遙斗的口中得知她的全名。

「她是二班的，難怪妳不認識。而且她不常外出走動。」

造訪美術室的隔天，穗乃香在走廊上與遙斗閒聊時，得知了這件事。二班與穗乃香的班級之間隔了兩班，也沒有合上的課程，因此幾乎沒有交集。穗乃香的朋友原本就寥寥無幾，認不得望也是正常的。

「……高岡同學，你認識她嗎？」

聽遙斗的語氣，穗乃香不禁如此詢問。只要稍加留心校內，那個醒目的女生小團體便會自然而然地映入眼簾。望雖然是其中一員，但她總是走在小團體的尾端，又不像其他女生那麼花俏，很難察覺她們同屬一個團體；而望也並非總是和她們形影不離，偶爾會脫隊行動。就旁人看來，望不像是被當成跑腿使喚，和其他人的地位是對等的，只是順勢湊在一起而已，她其實並不排斥獨處。

「哦，我和她讀同一所國中，一年級的時候同班……」

遙斗避開打打鬧鬧的同年級生，咬住插在利樂包上的吸管。他也已經確定直升大學，和穗乃香又會繼續當四年的同學。或許是因為到校的日子所剩不多，三年級的教室比平時更為熱鬧，大家互相在紀念冊上簽名留念、拍照，享受剩下的高中生活。

「她國中時頭髮就是茶褐色的，常常被老師警告。還有……她很會畫畫，暑假作業畫的圖常被表揚。」

她果然從以前就是這樣──穗乃香暗自點頭。或許她是美術社的社員。

「啊，我想起來了。有一陣子，大家都叫她輝夜姬。」

聞言，穗乃香瞪大眼睛。

「輝夜姬……月亮的那個？」

昨天看到的鮮明藍月浮現於腦海中。

「嗯。國中的古文課本中不是有《竹取物語》嗎？上那堂課的時候，老師叫她起來念課文，結果她居然邊念邊哭。」

穗乃香循著遙斗的視線望去，只見那個小團體正好出現在走廊上。大波浪捲髮在肩膀上跳動，針織衫的袖子蓋住半個手掌。望和光鮮亮麗的女孩們邊走邊聊天，高出一個頭的她看來宛若夾在偶像之間的模特兒。

「輝夜姬的故事都不曉得聽過幾遍了，她還哭得稀里嘩啦的……所以後來有一陣子，大家都叫她輝夜姬。」

那個故事的後半段有輝夜姬和老翁、老嫗道別的場景，雖然雙方都依依不捨，但輝夜姬終究還是回到月亮上，情節相當感人。不過，要問是否感人到在課堂上落淚的地步，好像又不至於。

「現在已經沒人這麼取笑她，反倒是多了很多謠言。像是她那頭頭髮，不管老師再怎麼警告，她都不肯染黑之類的。」

目送望離去後，遙斗喃喃說道。個性外向的他比穗乃香更熟知校內的大小事。

「哎，大部分應該都是空穴來風吧。」

不知是不是因為說話對象是穗乃香，遙斗含糊其詞。從他的態度，可知道八成不是什麼正面的謠言。

「這樣啊……」

穗乃香想起自己也曾經被傳過許多加油添醋的謠言，視線不禁垂落到地板上。以她的情況而言，擁有天眼是事實，謠言並非空穴來風，只不過加油添醋過後，形塑而成的是一個與事實相差十萬八千里的假想穗乃香。

「話說回來，妳為什麼突然問起松下的事？」

被遙斗這麼一問，穗乃香頓時語塞。望要求她別把畫畫的事說出去，因此她不能一五一十地說明來龍去脈。

「……昨、昨天她幫我撿講義……」

穗乃香猛眨眼，設法自圓其說。這並不是謊言，不過她之所以對望感興趣，是因為那幅月亮畫的緣故。

「哦？原來她也有優點嘛。」

遙斗喝光了咖啡牛奶，背靠在走廊的牆壁上。

「不過，吉田同學這麼關心其他人，還真是稀奇。」

「……咦？」

穗乃香一時不解其意，簡短地反問。

「因為妳好像對其他人沒什麼興趣啊，就連我也是直到最近才開始和妳說話。啊，不過這樣很好，充滿神祕氣息，還有種孤高不群的高貴感，就像公主一樣……」

遙斗滿懷熱情的一番話，被宣告午休時間結束的鐘聲遮去後半段，原先自由活動的學生們立刻朝著自己的教室移動。

「吉田同學，再見！」

遙斗揮了揮手，返回自己的教室。穗乃香也微微揮手，目送他的背影離去。

⛩

黃金在大廈頂樓俯瞰著京都街景。鼻頭感覺到的空氣冷冰冰的，看來春天還很遙遠。北野天滿宮的寒紅梅已開始綻放鮮豔的花朵，但距離梅園的賞花期應該還有一段時間。今天打從一早開始，灰濛濛的雲朵便覆蓋天空，貴船一帶似乎在下雪。即使身為神明，這種日子還是待在暖呼呼的房間裡享用甜點為宜。

「雖然我很想這麼做……」

黃金打了個噴嚏，金毛隨著北風翻飛。

昨天，良彥接下月讀命交辦的新差事——尋找荒魂，現在應該正趁著打工的空檔想方設法。黃金曾詢問良彥是否真的打算尋找荒魂，良彥表示這是月讀命的心願，當然要找，似乎沒有改變主意的念頭。大神認可這件差事，應該也是令良彥的心意堅定不移的原因之一吧。

「祢是怎麼搞的？黃金。平時總是說『差事是絕對的』、『完成差事是差使的分內工作』，怎麼這次這麼不情不願？祢是不是認為我辦不到？」

聽了良彥這番話，黃金大為惱火，狠狠踢了他的小腿一腳。不過，黃金的心頭依然悶悶不樂。這不是因為氣惱良彥，也不是因為傻眼，而是有股難以形容的感覺，如霧氣般占據心頭，揮之不散。

不知不覺間，黃金成了監督者，與良彥共同行動。良彥始終是老樣子，寬以待己，過著不規律又髒亂的生活，不過，他憑著一股令人啼笑皆非的傻勁關懷神明、真摯傾聽神明心聲的模樣，黃金也都看在眼裡。

「……我應該像從前那樣靜觀其變才是……」

黃金喃喃自語，又嘆了一口氣。今早，祂在良彥起床之前溜出房間，之後一直沒有回去。一旦見了面，或許祂又會說出什麼不該說的話。祂只是為了要求良彥重新辦理差事而就近監視，不該過度干預。現在的良彥就算放著不管，應該也不會怠慢差事吧。雖然不知良彥本人有無自覺，但他辦起差事越來越熟練了，或許已經過了自己從旁指點的時期——即使前頭等著他的是深不見底的深淵亦然。

黃金從鼻子哼了一聲，收拾心緒，鬍鬚卻感應到某種氣息。循著氣息望去，只見身穿熟悉制服的少女正緩緩沿著步道走來。同時，黃金想起自己還沒吃飯。

「……你們吵架了嗎？」

狐神突然現身於眼前索討甜食，因此穗乃香便走進附近的連鎖咖啡店。時值平日傍晚，店裡座無虛席，幸好有人正要離開，他們才得以占到窗邊的座位。店裡的外國人很多，或許大半都是觀光客。

「黃金老爺難得來找我。」

穗乃香點了原味甜甜圈，分成兩半，一半遞給黃金。

「沒有。只是仔細想想，其實我也沒必要一直跟著他。」

黃金喜孜孜地咬了甜甜圈一口，望向窗外的馬路。

「一看見他，我又會說出不該說的話，所以我才刻意避著他。」

「不該說的話……？」

「關於差事的。我是神明，知道的事遠比他多。」

黃金如此回答，那雙黃綠色的眼眸今天看起來似乎有些黯淡，穗乃香不禁眨了眨眼。所知的多寡差距並不是現在才有，祂和良彥之間果然發生了什麼事嗎？

「……不能把祢知道的事告訴祂嗎？」

「那樣就不叫差事了。必須由凡人親手達成，方能稱之為差事。」

黃金一面用肉趾拍打桌面，一面高談身為差使之道。良彥大概也聽過這番說明吧。穗乃香如此暗想，凝視著眼前的狐神。

「起先聽說良彥成為差使時，我還在想：『怎麼會選上這小子？』當時，我認定他一定會半途而廢──」

「……但是他一直持續到現在。」

穗乃香用雙手捧著裝有拿鐵的杯子，微微一笑。良彥成為差使的經過，以及黃金在他身邊生活的理由，穗乃香早就聽良彥親口說過了。當時，得知彼此剛認識時良彥成為差使還不到半年，令穗乃香大吃一驚，因為看在穗乃香眼裡，良彥辦理差事的模樣顯得十分得心應手。

「我第一次看見良彥先生的時候，他在和黃金老爺說話，態度非常自然，我看了覺得很驚訝，還以為你們是朋友呢。」

穗乃香回憶當時，視線微微搖曳。

「後來知道他是差使，在幫神明辦事，我覺得好羨慕。我甚至很自卑地想著：『這個人真幸福，不像我，什麼忙也幫不上……』不過，就算我成為差使，要問我能不能做到良彥先生那樣……」

我沒有自信——這句話融化在吐出的氣息之中。

「……良彥先生總是站在對方的立場，思考該怎麼做才是最好的，真的很難能可貴。」

穗乃香也參與過幾次差事，而良彥總是站在委託神的觀點判別差事的本質。神與人之間的牆垣，彷彿並不存在。

「……不過，或許有一天他會做出錯誤的判斷。」

吃完甜甜圈的黃金把視線轉向窗外。行人都冷得縮起背來，走在變暗的道路上。

「……可是，就算發生這樣的事，我還是有點羨慕。因為良彥先生總是能很快地和別人打成一片。」

穗乃香垂眼望著杯子，繼續說道：

「今天有人說我好像對其他人沒什麼興趣。」

遙斗的無心之語一直梗在心頭。當然，穗乃香知道他這麼說並沒有惡意。

「一想到我在別人眼中是這副模樣，就覺得五味雜陳……」

穗乃香也知道自己鮮少與旁人交流，沒有稱得上是朋友的人，學校生活也幾乎都是單獨度過。這是因為小時候周圍的人常對她指指點點、議論紛紛，養成她過度提防旁人的習慣，並不是因為她對其他人毫無興趣。

「凡人要理解妳，確實有些困難。雖然和以前相比，妳的表情和話語都變多了……」

黃金仔細打量著穗乃香。

「要對別人道出心中的想法，往往容易裹足不前，除非有人在背後幫忙推一把。」

穗乃香心有戚戚焉地點頭。這麼一提，自己似乎不曾明確地表達心中的想法，這樣還敢奢望別人理解自己，未免太自我中心了。

穗乃香有種被迫正視自己的懦弱的感覺，望向了窗外。她的視線停留在對面步道的女高中生身上。

「……啊！」

即使穿著大衣，模特兒般的修長身材依然引人注目。

「松下同學……」

微捲的茶褐色頭髮同樣高高地束於腦後，髮尾隨意亂翹。昨天穗乃香沒有發現，望的輪廓其實頗為深邃，側臉看起來格外成熟。她不像在趕路，但是步伐輕快，宛如在人潮中游泳。

「妳認識她？」

「她和我同年級……」

聽黃金詢問，穗乃香搜索言詞，試著描述，奈何自己對她所知不多。自己知道的唯一一件事就是——

「她畫的藍月很美……」

聽了這句話，黃金再度把視線轉向即將消失在人潮裡的背影。

⛩

「須佐之男命的心願？」

大國主神坐在神社境內的池畔，仰望站在身旁的美麗妻子。

「對。良彥突然問我這個問題，我還以為發生了什麼事。」

剛才教訓浪蕩丈夫的情景宛若幻影，須勢理毘賣搖曳著形似唐衣的優美衣袖，如此說道。

「……差事神是須佐之男命嗎？」

「好像不是。我也忘了問是誰的委託。」

成為觀光名勝的此地，今天也一如往常，觀光客絡繹不絕地穿過鳥居。停車場停了好幾輛大型遊覽車，凡人們在導遊的引領下，走向通往本殿的斜坡參道。

「那尊貴神如今還能有什麼心願……？」

大國主神望著在神社境內漫步的凡人，如此說道。祂那雙若有所思的眼眸映出了池水反射的陽光。

「所以我就不著痕跡地向爹打聽，問祂有沒有什麼困擾。」

「咦？祢直接問祂？」

「我沒提到差事，是向祂請安時順口問的。我本來盤算著，要是問出什麼眉目，就可以告訴良彥。」

妻子也有樣學樣，在丈夫身旁蹲下來。大國主神替妻子整理長衣，以免衣襬掉進池裡。

「岳父怎麼說？」

「祂說祂的困擾就是女兒太可愛，害祂至今還在後悔把女兒嫁出去。」

「……我不討厭祢們父女倆這一點。」

大國主神深深地嘆一口氣。這對父女的感情還是一樣好。然而，在這股悠哉的氣氛中，大國主神卻背著妻子暗自轉動視線。雖然不知道是何方神明交代良彥辦理的差事，但是事關須佐之男命，讓祂的胸口閃過一抹不安。

「所以囉，良彥或許也會聯絡祢，先跟祢說一聲。」

須勢理毘賣察覺了前來呼喚的侍女，留下這句話之後便站起身。

「知道了，謝謝。」

大國主神深情地親吻妻子白皙光滑的手背，而須勢理毘賣也彎下身子，在丈夫的耳邊輕聲低喃：

「下回出門的時候請記得告訴我。」

須勢理毘賣用彬彬有禮卻令人嚇得發抖的語氣說完這句話之後，便微微一笑，優雅地轉身離去。

「……我會注意的。」

大國主神苦著臉喃喃說道。雖然祂覺得妻子吃醋的模樣也很可愛，但若是說出來，鐵定會被勒頸勒到口吐白沫，所以祂選擇閉上嘴巴。畢竟須勢理毘賣可是須佐之男命的么女啊。

「……虎父無犬女，是吧？」

這句話用來形容須勢理毘賣這尊女神相當貼切，想必任何人都會這麼想。在眾神之間，須佐之男命的火爆脾氣是出了名的。

已經到了無庸置疑的地步。

大國主神拉低連帽上衣的帽兜，將視線轉向水面。在妻子面前絕不顯露的那雙出雲之王的冰冷雙眸，一反常態地浮現思索之色。

受奉為神的大國主神時常混入凡人之中，享受凡間的生活。祂認為神明與凡人固然有別，但既是互利共生的存在，便用不著講究那些繁文縟節。正因如此，祂很欣賞不拘小節卻能善守分際的良彥，也因為如此，祂格外關心良彥。

「……我有種不祥的預感。」

大國主神的喃喃自語融化在冬天的空氣中。

「良彥，你可別去翻陳年舊帳啊……」

大國主神嘆一口氣，仰望天空。良彥身旁的方位神，想必會以達成差事為首要之務吧，即使這麼做會揭露連須佐之男命的兒女都不知道的真相亦然。

大國主神一反常態的伶俐目光，遙望著自己尚未成形的太古時代。

這個祕密眾神保守已久，原本連祂也無從得知。倘若這次的差事涉及這個祕密，確實與良彥過去辦理的差事大相逕庭。

這些歷史太過沉重，區區一介凡夫俗子，只怕難以承擔。

大國主神閉上眼睛，吁了口氣。還不見得會演變成這種局面，或許在觸及核心之前，差事便結束了。現在只能祈禱事態如此發展。

「……哎，總之，先收集情報吧。」

睜開的眼睛已恢復平時的光彩，大國主神雙手一拍，無數的青白色光芒應聲出現在祂的周圍。

「報告良彥的動向，別讓須勢理察覺。」

奉召現身的精靈們領命而去。大國主神目送祂們離開後，隔著薄薄的雲層仰望閃耀的冬天太陽。

⛩

良彥結束上午至午後的打工，直接前往月讀命的神社。昨天回家之後，雖然他左思右想，但尋找下落不明的荒魂確實是個難題。別的不說，他甚至還沒問過荒魂是怎麼失落的。黃金一再阻止，或許就是因為料想到這個狀況。

「話說回來，祂一大早就不見蹤影，到底是跑去哪裡……？」

是去參加神明的聚會嗎？即使祂不在，差事照樣能辦，倒也無妨，不過，少了個毛茸茸牢騷機在身邊，總覺得怪不自在的。

「月讀命～」

良彥在最近的車站下了電車，沿著昨天的路徑來到神社。聽見呼喚聲而從祈禱殿探出頭的月讀命一臉訝異，彷彿從未見過良彥。良彥指著祂的懷中，要祂閱讀日記。

「……差使兄？」

「對。」

雖說是無可奈何，但每次見面都得重複同樣的對話，令良彥不禁苦笑。不過，看著認真翻閱日記的月讀命，良彥的胸口深處一陣鈍痛。每天一早醒來就喪失昨天的記憶，不知道是什麼感覺？在完全翻新的記憶中，唯一保有原形的弟弟果然是特別的存在嗎？

「關於尋找荒魂，我有問題想問祢。」

待月讀命掌握大致的狀況後，良彥便進入正題。

「祢知道祢的荒魂是什麼時候不見的嗎？」

「什麼時候，不見的……？」

「嗯，我想先從這一點開始調查。」

只要知道荒魂是何時失落的，或許能找到相關的線索。

月讀命略微思索過後，有些遲疑地望向良彥。

「……要知道，確切的答案，必須問舍弟……」

「啊，嗯，這我也明白……」

良彥尷尬地撇開視線，抓了抓頭。昨天剛被警告過，這招他想放到最後關頭再用。

「比如說，日記裡有沒有寫？」

月讀命記下了荒魂失落之事，既然如此，或許在日記的某處也記載了荒魂失落的原因。

「我，查查看。」

月讀命立刻返回神社。本殿雖然不大，打開門一看，裡頭卻意外寬敞，只不過絕大部分的空間都被書架占據，架上密密麻麻地排放著書冊及書卷。

「應該，是照著，年代保管的。」

月讀命從成堆的書冊中取出其中一本，把封面轉向良彥。上頭寫有數字，似乎是代表年號。

「舍弟說，這樣比較，容易辨認。」

「……這樣啊。」

在良彥心中，依然難以相信昨天自己面對的火爆貴神須佐之男命，和月讀命口中那個對祂照料有加的弟弟是同一神。莫非須佐之男命是那種對親人特別好的類型？

「年代比較久遠的應該是放在這一帶吧……？」

良彥搜索最深處的書架上放置的書卷。這些書卷都已經褪色，令人不禁遲疑可否隨意觸碰。早期的日記似乎是以書卷形式保管，隨著時代演進，才逐漸改為書冊。

「……唔？」

就在良彥盤算著該從哪裡著手時，他注意到一捆幾乎沒有灰塵的書卷。不知是不是最近曾經拿出來過，和其他書籍相比，有明顯的取放痕跡。良彥在好奇下拿起書卷，只見上頭寫著「竹取翁」。

「竹取翁……是《竹取物語》嗎？」

這是非常有名的故事，輝夜姬便是由此而來，良彥在古文課上也學過。

「怎麼，了？」

月讀命回頭望著歪頭納悶的良彥。

「祢是因為和月亮有關才看的嗎？」

良彥遞出書卷，月讀命一臉詫異地接過，緩緩地解開束繩，攤開書卷。卷中是行雲流水般的毛筆字，看在良彥眼裡，就和爬動的蚯蚓無異。

「上面寫什麼？」

「古有一人，人稱竹取翁……」

「啊，果然是《竹取物語》。」

聽了熟悉的開頭，良彥微微一笑。月神閱讀這個故事，說來也挺好笑的。

「平素常入山野採竹造物……」

月讀命念到這裡，突然抬起頭來，流利地默背出下文。

「名曰讚岐造。某日，於竹林中見一竹根發光，訝而趨近探之，但見筒中燦然生光，三寸小人端坐其中，貌甚可愛……」

月讀命並未觀看手中的書卷便能朗朗上口，看得良彥一愣一愣的。

「祢記得內容……？」

現在的月讀命，每逢旭日東升便會失去記憶，為何記得這個故事？

「好像是。下文，自動浮現，於腦海中。」

月讀命自己也一臉詫異地望著書卷。

「莫非，我從前，很喜歡，這個故事……？」

「這個故事對祢有什麼特殊意義嗎？」

良彥靜靜望著月讀命。把整個故事背起來，可不是想做就能輕易做到的事。

「或許有，也說不定。」

月讀命略帶困惑地皺起眉頭。從祂的口吻判斷，祂似乎毫無頭緒。也許這個故事是祂唯一的娛樂，一讀再讀，自然而然就記在腦中。

月讀命將書卷恢復原狀，放到書案上，再度尋找日記。良彥也效法祂，回頭做正事。

「……最早的，好像，是這個。」

在良彥被飄揚的灰塵弄得猛打噴嚏之際，月讀命從並排的書卷中找出一捆褪色的書卷，從外觀可知書卷已變得相當脆弱。雖然墨跡淡化了，但仍勉強看得出上頭的「橿原宮」三字。

「橿原宮是……」

「邇邇藝命的曾孫，登基成為，初代天皇，的地點。」

「這麼說來……是神武天皇啊？」

良彥回溯模糊的記憶。他在辦理天道根命的差事時調查過神武天皇，現在還有印象。

月讀命小心翼翼地攤開書卷，一面用手指追溯文字，一面閱讀。

「……我似乎，是在神武天皇，登基的時候，在舍弟的勸說之下，開始寫日記的。」

良彥也窺探頁面，但上頭全是漢字，他根本看不懂。

「我老是忘事，因此舍弟，要我寫日記。」

「所以祢那時候已經變成現在這個樣子了嗎？」

月讀命的誕生遠早於神武天皇與邇邇藝命。在初代天皇誕生前的這段期間內，究竟發生了什麼事？

「……啊，這裡有寫。」

不久，月讀命停下追溯文字的手指，聲音夾雜著些許嘆息。

「失去荒魂，不知已然過了多久？現在的我連近日內的記憶都模糊不清──換句話說，我開始，寫日記時，荒魂便已經，失落了。」

比預料中更快得出結論，良彥不禁沉吟起來。或許知道月讀命開始寫日記時便已經只剩和魂，就該滿足了。

「看來還是得問須佐之男命啊……」

如果有其他熟識月讀命的神明，倒也可以問問，不過在良彥能夠任意聯絡的神明中，沒有一尊神熟知月讀命誕生至今的所有情況。

「現在放棄，還太早，差使兄。」

良彥盤臂思索，一旁的月讀命又拿起另一捆書卷。

「或許，日記裡，有記下，荒魂，是如何失落的。」

月讀命僵硬地歪起嘴唇。見狀，良彥轉念微笑。

「是啊，這就來查查看吧。」

失去荒魂，力量衰退，連昨天的事都記不得，可是月讀命並未因此終日悲嘆。用「勇往直前」這般積極的字眼形容祂，或許並不貼切，但至少祂撫摸著發疼的手，生硬地變換表情，正視自己現在該做的事情。

「差事本來該由我獨力完成，卻要祢幫忙，真是不好意思。」

良彥從新的日記開始，月讀命則是從舊的日記開始分頭調查。良彥看不懂全是漢字的內文，便把焦點集中在「荒魂」二字。

「每天早上，我都會重讀，近一個月的日記。就日記所寫的內容看來，這座神社，除了舍弟以外，鮮少有人登門造訪。」

月讀命不時隔著手套輕撫自己的手，斷斷續續地說道。

「雖然有香客，可是已經，很久沒有，能夠和我，交談的人，上門了。」

「其他的神明不來找祢玩嗎……？」

即使力量衰退，祂畢竟是三貴子之一，交遊應該很廣闊才是。

「不知大家，是不是，畏懼舍弟，都對我，敬而遠之。偶爾，姪女和姪兒，似乎會來訪……像這樣，和別人閒談，還挺開心的。」

聽了月讀命這番無邪的話語，良彥的胸口隱隱作痛。祂的銀色雙眸看起來有些雀躍，不知是不是自己多心？

「祢不去找別人玩嗎？我認識的神明，一年到頭都在全國各地遊蕩。」

那尊出雲的國津神，現在鐵定也在某處閒逛。月讀命或許不能長期離開神社，不過京都到處都有神社，祂偶爾出遊應該不成問題吧。

「我被交代，除了出巡以外，別出門。再說，我的腳，會發疼。」

「……這也是須佐之男命交代的？」

月讀命緩緩將視線轉向良彥，點了點頭。

「平時，就得巡視，全國各地的，月讀社，沒時間，出外遊歷。」

記得這也是須佐之男命的安排。

良彥垂眼望著手上的日記，腦中冒出問號。他告訴自己別想太多，但昨天須佐之男命的態度加深他的疑惑。這樣活像須佐之男命刻意孤立月讀命。

「——祢對這些安排有何不滿？兄長。」

彷彿突然被人用冰冷的手撫摸脖子般的發毛感，從背後襲向良彥。

「何來，不滿？賢弟。」

良彥的視線從如此回答的月讀命身上緩緩移動，只見敞開的神社門口，突然多出一尊剽悍的男神。

「……須、須佐之男命……」

良彥下意識地倒抽一口氣。須佐之男命還是老樣子，光是站著，存在感就強得讓人幾欲伏地叩拜。空氣細微震動的感覺，使得良彥冒出雞皮疙瘩。掛在祂脖子上的各種玉石與勾玉反射著陽光，格格不入的美奪走良彥的思考。

「你還在兄長身邊打轉？」

被那雙彷若深海的碧眼俯視，良彥用力握緊顫抖的手。祂的聲音雖然不大，鼓膜卻已難以承受，產生了耳鳴。這種時候黃金不在，良彥心裡格外不踏實。

「我不是說過報恩就免了嗎？」

「呃，不，這是因為……」

「賢弟。」

良彥正要說明原委，月讀命卻搶先一步。

「這件事，我聽差使兄，說過了。現在我交辦的，是另一件差事。」

月讀命說完，良彥也跟著點頭。這件差事是在大神親自許可下進行的，就算是須佐之男命，應該也不能隨意干涉。

「另一件差事？」

須佐之男命皺起眉頭反問。祂的手不著痕跡地按住腰間的大劍，讓良彥更加緊張。

「我們在找月讀命的荒魂……」

即使如此，良彥還是賭上差使的骨氣說了出來。他可沒做任何虧心事。

「兄長的荒魂……？」

然而，一聽見良彥的回答，須佐之男命便立刻橫眉豎目。

「倘若能夠，找回荒魂，或許也能，減輕祢的負擔。這是我和，差使兄，商量的結果。」

月讀命依然面無表情地說道。須佐之男命彷彿瞪視似地凝視哥哥的臉龐，但良彥插進祂們之間。

「祢、祢應該也希望哥哥復原吧？月讀命是想讓祢開心——」

這句話良彥沒能說完。

「多事！」

不過一句話，便帶有強烈風壓，令良彥忍不住縮起身子。宛若正面承受暴風，良彥整個人險些被吹到後方。

「多……事……？」

良彥的腳無視他的意志，幾乎快腳軟跪地。在那雙碧眼的注視下，一股難以言喻的恐懼感湧上心頭。明明正值寒冬，汗水卻沿著背部滑落；猶如微弱電流竄過皮膚般的麻痺感遲遲不消，鼓膜隱隱作痛，望著須佐之男命的眼球也感受到一股壓迫感。

——截然不同。

祂凶猛的神氣和從前見過的任何神明都大不相同。

「尋找荒魂？可笑！」

須佐之男命的一字一句都砸向良彥的身體，宛若從天而降的豪雨，無處可避的風暴。

「你是用什麼手段討好大神，讓祂允許這件差事！」

良彥的腦袋開始麻痺。光是聽著祂的聲音，反抗心便漸漸被削弱了。即使反抗也是白費功夫，不如屈服，跪倒在蒼藍貴神腳下。

「……為什麼說這種話？」

然而，良彥及時踩住雙腳，吐出這句話。憑什麼說他使用手段討好大神？如果只有自己被嘲笑也就罷了，站在背後的月讀命聽了這番話，不知做何表情？良彥無法確認。不願成為弟弟的負擔，所以想找回荒魂——他暗自揣度著月讀命這份身為兄長的心意。

「尋找自己的荒魂有什麼不對！」

良彥帶著焦躁吐出的話語，在須佐之男命的一瞥之下碎裂四散。須佐之男命冷冷俯視著無形的碎片，雙眼視線再度捕捉了良彥。

「……即使找遍整個凡間，也找不到的。」

須佐之男命用平靜的語氣斷然說道。聞言，良彥皺起眉頭。祂憑什麼如此篤定？

「……賢弟，祢知道，我的荒魂，在何方嗎？」

聽見月讀命如此詢問，須佐之男命微微地吐了口氣。只見祂宛若在教導小孩一般，屈身說道：

「這件事我不是已經說過很多次了嗎？」

祂柔聲訴說的語氣十分溫暖，臉上是一心為兄長著想的無私表情。

「我為了奪取兄長治理的夜之國……」

道出的真相卻是——

「吞食了兄長的荒魂。」

⛩

「伊耶那岐神從黃泉國歸來之後，在日向橘小戶阿波岐原淨身。當祂洗臉時，自左眼誕下天照太御神，自右眼誕下月讀命，最後從鼻子誕生的是須佐之男命。伊耶那岐神命令天照太御神治理高天原，月讀命治理夜之國，須佐之男命治理大海。沒了。」

陰天的大主神社裡，香客寥寥無幾，正月的熱鬧氣氛也已完全消退，靜悄悄的神社境內顯得冷颼颼的。

「沒了？就這樣？」

良彥隔著授予所窗口，望向用平板的語調默背《古事記》部分內文的兒時玩伴。

「真的就這樣啊。月讀命和須佐之男命一起出現的場面只有這裡。你自己也讀過《古事記》吧？」

外頭竄進來的冷空氣讓孝太郎冷得不斷摩擦身體。與授予所相通的社務所裡似乎點了暖爐，相當溫暖。

「我是讀過……只是想說不定有什麼地方遺漏了……」

在這種時候很方便的狐狸型搜尋器依然不見蹤影，不曉得究竟跑去哪裡？

「《日本書紀》則是說月讀命是伊耶那岐神和伊耶那美神生的，或是從白銅鏡誕生的，至於祂和須佐之男命的故事，就沒聽過了。」

「是嗎……」

良彥連著呼吸一併吐出輕易落空的期待。他原本以為，書中有記載月讀命和須佐之男命的關係，只是自己不知道，現在既然連孝太郎都這麼說，看來是當真沒有。良彥自己也讀過《古事記》好幾次，天照太御神和須佐之男命的故事相當豐富，月讀命的故事卻是盡付闕如。雖然有姊姊與么弟吵架的情節，卻沒有任何關於兄弟情誼或兄弟鬩牆的描寫，宛若只有月讀命的存在被遺忘了一般，絲毫沒有提及。

「所以你這次又是為了什麼調查這種事？」

孝太郎打量著垂頭喪氣的良彥。

「咦？啊，不……松、松尾大社附近不是有間奉祀月讀命的神社嗎？我碰巧去了一趟，覺得有點好奇……」

良彥找了個無限趨近事實的藉口，含糊地笑說。

「所以想知道有沒有關於月讀命和須佐之男命的故事……」

剛才聽了須佐之男命的衝擊性告白，良彥仍然耿耿於懷。

須佐之男命毫不羞愧地宣稱自己吞食了哥哥的荒魂，所以再怎麼找都是白費功夫。

「已經被我吞掉的東西，你要怎麼找？開膛剖腹拿出來嗎？」

須佐之男命指著自己鋼鐵般的腹肌，歪頰而笑。

「只消我吹口氣就會灰飛煙滅的凡人辦得到嗎？」

良彥費了好大的功夫才讓混亂的腦袋冷靜下來。

「……那麼，月讀命的荒魂，已經……」

「回不來了。」

良彥結結巴巴地問道，須佐之男命簡潔有力地回答。良彥仰望著祂的臉龐，握緊絕對打不到祂的拳頭。

「祢為什麼要吞食哥哥的荒魂？失去荒魂，害得月讀命失去記憶，連外貌也——」

「你沒聽見嗎？」

須佐之男命打斷良彥的話語，露出嘲弄的笑容。

「為了奪取夜之國。」

祂緩緩說道，好讓良彥聽個清楚。

「所以我取出兄長身上的荒魂，讓祂安分一點。」

良彥無言以對。

他甚至懷疑眼前的男子真的是神明嗎？

如此乾脆地奪走哥哥的記憶和原貌，把結果稱之為「安分」。

為凡人著想、為姊弟著想，分享傷痛與喜悅的神明並不在這裡。

「……是嗎？原來是，這麼一回事。」

不久，良彥背後的月讀命喃喃說道。

「祢已經，對我說過，許多次了啊……抱歉。」

「月讀命……」

良彥回頭望向月讀命。銀色的雙眸中沒有悲傷，也沒有憤怒，只是淡然凝視著眼前的弟弟。

「縱使荒魂仍在，奉祀我的人，並不多。我如今，早已無力治理，夜之國。祢要治理，就交給祢吧。」

「月讀命！」

見月讀命居然這麼好說話，良彥不禁心急地呼喚。須佐之男命如此蠻不講理，月讀命就算暴怒也不過分。

「仔細想一想啊！祢的荒魂被須佐之男命吞食了，再也回不來，代表祢的記憶不會恢復，外貌也會一直維持這樣耶！」

良彥逼近月讀命，抓住祂的肩膀。月讀命原本只是默默凝視著良彥，不久，才輕輕地拿開他的手。

「如果這是，舍弟的心願，我沒有異議。」

聽了這句平靜的話語，良彥只能愕然愣在原地。

良彥在尋找足以佐證須佐之男命那番話的證據。他猜想，或許須佐之男命吞食荒魂是有其他理由的。若非如此，縱使再怎麼覬覦夜之國，這麼做也未免太過殘酷。

「雖然不是關於這兩神的故事，但有一說認為，月讀命和須佐之男命其實是同一神。」

「……意思是說祂們是同樣的神明？」

聽了孝太郎的說法，良彥皺起眉頭。說來遺憾，這是不可能的，因為良彥清清楚楚地看見兩尊神。

「好像是因為關於月讀命的記述少之又少，以及兩者都有斬殺大氣都比賣神的逸聞。」

「大氣都比賣神……就是那個從屁股生出食物的……」

一想起從前大國主神帶來的那些女神生出的食物，良彥便感慨良多。沒想到會在這裡再次聽見那尊女神的名字。

「在《古事記》中，斬殺大氣都比賣神的是須佐之男命，但是在《日本書紀》中，卻是月讀命。」

「可是《古事記》和《日本書紀》的記述常常不一樣，不是嗎？」

「是啊。還有，奉祀須佐之男命的神社很多，奉祀月讀命的神社卻寥寥無幾，這也是兩者為同一神說法的根據之一。」

孝太郎盤起手臂，仰望天花板。

「就我所知，在全國七百餘座以月讀為名的神社中，從一開始就奉祀月讀命這尊日本神明的傳統神社只有兩座。」

「只有兩座！」

良彥忍不住大叫。月讀命在《古事記》和《日本書紀》中的記述極少，也和這件事有關嗎？或許除了失去荒魂以外，這也是祂的力量衰退得如此厲害的重要因素之一。

「先聲明，這只是我個人的調查。」

「……不過，我去過的神社確實也一樣，聽說是從壹岐迎請過來的，本來奉祀的是航海之神……」

良彥想起月讀命所說的話，孝太郎對他投以興味盎然的目光。

「怎麼，原來你在調查這個啊？那座神社和秦氏有很深的關係。」

「秦氏？」

「對，古代的海外移民。松尾大社和伏見稻荷也是秦氏的氏神神社，他們一族和京都的淵源很深。你去的月讀神社是松尾大社的攝社，據說秦氏也參與了當年的迎請。松尾大社原本的社家也是秦氏。」

「哦～」

良彥發自內心地讚嘆。他還是老樣子，身為日本人，對於日本歷史卻所知不多。

「奉祀須佐之男命的神社全國各地都有，從一開始就奉祀月讀命的神社卻只有兩座……要說月讀命羨慕須佐之男命還有可能，須佐之男命沒理由羨慕月讀命吧……」

既然如此，為何充滿力量的須佐之男命會覬覦哥哥的轄地？單純是因為貪婪？支配欲強烈？還是兄弟之間有凡人所不知的恩怨？

「我完全搞不懂！」

良彥抱頭苦惱。

孝太郎似乎厭倦了，把手放上窗戶問道：「冷死啦，我可以關窗戶了嗎？」

「害得差使兄，白費了，這麼多功夫。」

須佐之男命離去後，月讀命表示已經沒有其他差事要交辦，打算在宣之言書蓋上朱印，但是良彥拒絕了。

「能不能再給我一點時間？」

良彥沒有扭轉局勢的自信，也沒有頭緒，但就這麼結束差事，他實在無法釋懷。

「讓我想想有沒有什麼方法可以取回荒魂。」

聽了良彥近乎懇求的話語，月讀命似乎相當困惑。要如何取回已經在須佐之男命肚子裡的東西呢？

「再說，要是這樣打退堂鼓，有辱差使之名……」

良彥的視線垂落至手上的宣之言書。

「既然大神許可了這件差事，我想一定有某種意義。」

兩年的差使經驗讓良彥說出這句話。從前，良彥也遇過令他想放棄或覺得根本辦不到的差事，但最後往往能夠得到回報。或許是絕不放棄的心意，扭轉了局面也說不定。

「……好吧。」

遲疑片刻過後，月讀命緩緩地點點頭，拿開放到宣之言書上的手。

「謝謝。」

良彥向白銀男神道謝，露出了笑容。

三

請黃金吃甜甜圈的隔天，穗乃香在傍晚時分前往學校。今天原本不用上學，但從昨天開始借住穗乃香家的黃金表示想去學校，因此她便帶著黃金一同前來。

「……可是，我不知道她在不在喔。」

走上校舍內樓梯的途中，穗乃香再次聲明。操場傳來足球社的練習聲。

「不打緊，本人不在的話，只看看那幅畫也行。」

黃金輕快地爬上樓梯，緊跟在穗乃香身後。也不知道是哪根筋不對勁，這尊狐神突然說祂想看看穗乃香讚譽有加的藍月圖畫。

「仔細想想，從前都是跟著良彥東奔西走，偶爾從天眼女娃兒的觀點來看看人世也挺有意思的。」

抵達美術室前，黃金一臉好奇地四下張望，讓穗乃香想起了從前來訪的大國主神夫婦。還記得祂們也對理科室這類特別教室格外著迷。

「上次是在這個時間看到她的，不知道今天在不在……」

穗乃香陪著四處參觀的黃金，慢慢走上美術室所在的四樓，在空無一人的走廊上前進。再次拜訪望，穗乃香並不是毫無遲疑之情，畢竟依先前望的反應看來，她不歡迎外人參觀。夕陽餘暉從窗戶射入，影子落到亞麻地板上，描繪出一幅引人思鄉的風景。穗乃香無意識地放輕腳步聲，走在橘與黑的影畫之中。

「……啊。」

面向走廊的美術室窗戶和之前一樣開了道細縫。穗乃香從細縫窺探教室，發現了那幅畫而停下腳步。今天望果然也來了。

「就是那幅畫？」

黃金用前腳攀著窗緣確認過後，便直接穿過牆壁，進入美術室。

「黃金老爺！」

穗乃香連忙隨後追上，打開拉門踏入教室。她在入口的死角位置發現了望，忍不住摀住自己的嘴。仔細想想，其他人看不見黃金，根本沒必要制止祂。

「又是妳？」

隔著一段距離看畫的望盤著手臂，訝異地望向穗乃香。

「對、對不起。呃……」

穗乃香縮起身子，瞥了光明正大地盤踞在畫前的黃金一眼。她總不能說自己是追著那尊狐神進來的。

「我、我沒告訴別人妳在畫畫，也沒有這麼做的打算……」

穗乃香想起前些天的事，手足無措地說道。她本來只是想偷偷看一眼，沒想到竟被本人發現了。

「我只是想再看看那幅畫……」

說要來看畫的確實是黃金，但要問穗乃香不想看嗎？答案是否定的。如果可以，她很想再好好欣賞一次那幅畫。

「……不行嗎……？」

穗乃香小聲問道。

望用詫異與狐疑交雜的目光望著穗乃香，然後嘆了口氣走向畫作，把放著畫的畫架移到方便穗乃香觀賞的位置。

「那麼想看的話，請便。」

望有些啼笑皆非地說道。

「謝謝……」

穗乃香鬆一口氣，開口道謝。

在鴉雀無聲的美術室中，穗乃香與那幅畫面對面。越是凝視，操場傳來的運動社團喧囂聲和管樂社的練習聲便越來越遠，宛若被吸入青白色的月亮中。彷彿淡淡地溶入夜色中的月亮，兼具冰冷與美麗，在月下背對著穗乃香的女性，與前些天一樣，還沒有上好顏色。不過，從她的背影不難想像若是她轉過頭來，必定是個驚為天人的美女。

「這幅畫畫的是什麼場面？」

欣賞完畫之後，黃金回到穗乃香的腳邊問道。穗乃香險些像平時那樣回答，又及時把話吞下去。這時候說話，望會起疑的。

「呃，請問……這幅畫畫的是什麼場面？」

穗乃香把黃金的問題直接轉給望。

「有什麼主題嗎……？」

面對穗乃香的問題，望沉默地略微思索後，將視線轉向自己的畫作。

「……古有一人，人稱竹取翁，平素常入山野採竹造物，名曰讚岐造。」

西斜的夕陽餘暉從窗戶射入，將美術室染成金色。望在餘暉中念出故事的開頭。

「《竹取物語》？」

只要是日本人都知道的輝夜姬故事。穗乃香想起遙斗說過，望從前曾被取了這個綽號。

穗乃香再度望向畫架上的畫。

「……可是……」

穗乃香尋找著隱約感受到的異樣感來源，視線停駐在畫中的女性身上。說到《竹取物語》，在繪本中通常是以日本的平安時代為舞台，因此輝夜姬多半是黑髮加上十二單的形象。然而，這幅畫中的女性卻是金髮，服裝接近唐風，袖子與衣身都用了十足的布料，衣襬在地面上長長拖曳著，怎麼看都不是平安時代的日本女性。

「《竹取物語》有另一種異聞。」

望乾脆地接下穗乃香的疑問。

「這幅畫就是異聞的某個場面。」

「《竹取物語》的異聞……」

穗乃香從未聽過這個說法。她懷著共享祕密的心情，輕聲問道：

「可以告訴我詳細內容嗎……？」

未知的異聞令穗乃香的好奇心蠢蠢欲動，畢竟她原本就能看見常人看不見的世界。腳邊的黃金也興味盎然地抬起鼻頭。

聞言，正要把畫布從畫架上拿下來的望驚訝地回過頭來。

「妳相信？」

「咦？是、是假的嗎……？」

望重新把畫布放回架上，來到穗乃香的正前方。

「……妳叫吉田穗乃香，對吧？」

突然被叫出全名，穗乃香驚訝地眨了眨眼。

「妳剛入學的時候就有些奇怪的謠言，實際上果然是個怪人。」

望仔細端詳著穗乃香，誠實地說出感想。

「怪人……」

對於自幼便常遭受這類中傷毀謗的穗乃香而言，望的直話直說帶來了一陣鈍痛，同時也令穗乃香感到驚訝。她居然當著本人的面直言不諱，這樣的態度反倒給人一種爽快的感覺。

「因為一般人不會相信的。就連我自己也不相信。」

望把手插進外套口袋中，拉過附近的椅子坐下來。

「吉田穗乃香是被詛咒的女孩、其實不是大主神社宮司的親生女兒、整形過、是地下偶像……這類愚蠢的謠言很多，我一直覺得那些謠言鐵定都是假的。不過，妳和一般人有點不一樣，倒是真的。」

沒想到有那樣的謠言，穗乃香難為情地垂下頭。被詛咒之類的謠言，她早已經聽慣了，可是地下偶像是怎麼來的？黃金如影隨形的視線刺痛了她。

「哎，我也沒資格說別人就是了。」

望嘆一口氣。穗乃香想起遙斗所說的話。

「……妳聽過那些謠言嗎？」

「就算不想聽，也會傳進耳裡吧？還有人好心告訴我。不過種類沒妳的豐富，大多是說我在做特種行業。」

望聳了聳肩，視線垂落地板。

「反正我無所謂，愛說的人就讓他們去說。」

她的茶褐色頭髮沐浴在夕陽餘暉中，染成了金色。不知何故，穗乃香覺得這一幕看起來非常神聖。

「……是假的吧……？」

加油添醋的謠言成為某些人宣洩壓力的出口，轉眼間便侵蝕整個團體。

望對如此詢問的穗乃香露出笑容，歪頭說道：

「妳覺得呢？」

穗乃香沒料到望會反問，頓時語塞。她對望所知不多，不足以斷定謠言只是謠言。不過，現在的望並不像是個放蕩墮落的人。

「……啊，我知道有個謠言應該是假的。」

穗乃香想到了一點，抬起頭來。

「妳把頭髮染成褐色，應該是假的……妳的頭髮本來就是這種顏色吧？」

聞言，望不禁瞪大眼睛。

「妳怎麼知道……？」

「我猜的……聽說妳國中時就是這種髮色，到現在還是一樣，所以……」

穗乃香略帶顧慮地指出這一點。對於望本人而言，或許這是件讓她自卑的事。

「大家都真的以為我的頭髮是染的……哎，我也沒否認就是了。」

望摸著自己的頭髮說道。

「是天生的。我爸的髮色也很淡。」

既然天生是褐髮，把頭髮弄黑反而是染髮，老師應該不會逼她這麼做才是。不管老師再怎麼警告，都不肯把頭髮染黑——這個謠言應該是以訛傳訛而來。

「《竹取物語》的異聞也是爸爸告訴我的，他說那是海外移民流傳過來的故事。」

望停頓一會兒，仰望天花板。

「很久很久以前，有位公主和她的幾名侍從從月亮流落到看不見大海的大陸盡頭。王公貴族為公主的美貌深深著迷，爭相求婚，但公主對他們不屑一顧，只是望著月亮，日日期盼有人來接她回去。當侍從因為思念月亮上的家人而傷心流淚時，公主鼓勵他們：『當湛藍色的滿月升起時，便是再相聚之時。』然而，侍從一個接一個離世，最後公主的生涯也降下簾幕。憐憫公主的人們，向月亮祈求她的靈魂獲得安息……月亮信仰從此誕生，這個故事也隨著海外移民一同流傳到當時的日本。後來，故事漸漸演變為日本風格，變成《竹取物語》。」

望滔滔不絕地說道，最後自嘲地笑了。

「不過，這個故事完全沒有根據，搞不好是我爸編出來的。我也從沒遇過其他這麼說的人，八成是幻想吧。」

「我、我覺得應該不是……」

穗乃香立刻搖頭否定望的話語，並且無意識地用力緊握雙手。

「現在流傳的說法不見得是正確的……有時候，比起典籍和文獻，口傳或傳說留下的反而才是真相……」

穗乃香帶著十足的把握說道。這是聽了良彥的說法，以及和他一起辦理差事而體認到的道理。流傳至後世的僅是龐大歷史的一小部分而已。

「不過，如果剛才的故事才是《竹取物語》的真相，實在太悲傷了……」

輝夜姬未能返回月亮，而是思念著月亮，最終死在地上；與養父母道別，失去記憶，返回月亮——這兩種故事，不知哪一種比較哀傷？

望凝視著發愣的穗乃香，忍俊不禁地笑出來。

「妳果然是個怪人。」

穗乃香剛才一時忘情，忍不住高談闊論，這會兒才覺得難為情，縮起了身子。有些事若沒有親身經歷過，旁人再怎麼說明也不會懂。這些話或許不該對一個沒有天眼也不是差使的普通高中女生說，說了只會讓對方覺得自己很奇怪而已。

「……不過，或許我也差不多。」

望的視線垂落腳邊，喃喃說道。

「差不多？」

「我是聽異聞長大的，所以一直以為《竹取物語》是這樣的故事。後來，當我知道最後的結局是輝夜姬返回月亮時，忍不住哭了。我很慶幸輝夜姬能夠回到月亮上。」

一瞬間，望露出憂傷的表情，隨即又把視線轉向穗乃香。

「從此以後，我只要讀《竹取物語》，一定會掉眼淚。」

望面露苦笑的模樣，略微動搖她在穗乃香心中的形象。原來她在課堂上掉淚，是出於如此溫柔的理由。

「我和妳其實沒有什麼不同。人都是很奇怪的，每個人都有些怪異、扭曲的地方，所以才會有格外契合的對象。有些人會去尋找和自己契合的人，組成小團體，有些人則是為了自己的扭曲而感到不安。」

望的嘴角多了幾分笑意。

「我身邊的女生也一樣，各個看起來都是從容不迫、自信滿滿，其實懷抱著各種不安，只是巧妙地把傷心事隱藏起來而已。妳也一樣吧？」

穗乃香不禁屏住呼吸。巧妙地隱藏起來——確實如此。天眼、人際關係、兄妹之間的誤會，知道這些事的人寥寥無幾。或許在學校裡，自己看起來真的是一派淡漠也說不定。

望站起來，居高臨下地望著穗乃香。

「妳啊，既然怪，就怪得坦然一點吧。妳就是想配合周圍，才會反而顯得格格不入。怎麼不放機靈點呢？」

「怪、怪人的評價還是沒變嗎？」

「我覺得比起普通卻無聊的吉田穗乃香，可愛但奇怪的吉田穗乃香要來得有趣多了。」

穗乃香知道自己的臉頰變紅了。雖然被評為怪人，但不知何故，這番話出自望的口中，並沒有令人不快的感覺。從前大家都因為穗乃香「怪」而排擠她，這是頭一次有人對她說「怪也無妨」。

「這幅畫預定要送去月底截止的學生美術展參展。雖然要付參展費，但是我想試試看。」

望觸摸放在畫架上的畫布。

「不過，我還沒決定好人物要怎麼畫。要是沒完成，就只能收進倉庫裡。」

「咦？太可惜了……」

穗乃香忍不住說道。望笑了，笑容似乎比起初柔和一些。

「……其他的朋友知道妳在畫畫嗎？」

「應該不知道。我沒說，而且我不是美術社的社員，只是拜託老師讓我借用這裡而已。」

望盤起手臂，望著畫布。

「就算是朋友，也不可能什麼都說吧？我不是說過嗎？每個人都有巧妙隱藏的祕密。這就是我的祕密。」

「祕密……」

這兩個字讓穗乃香的胸口為之一震。

「要是其他人知道，一定會問我為什麼畫畫，而我沒有自信能夠好好說明，或者該說我懶得說明。我不想……」

望閉上嘴巴搜索言詞，隔了一會兒才又輕聲說道：

「自找麻煩。」

這個答案緩緩地降落在穗乃香的心頭。

——啊，原來如此。

這個月亮是她的祕密。

藍月吐露了她從未表露的心思。

穗乃香這才明白，她讓自己觀賞藍月的意義有多麼重大，並為此感動不已。

「……為什麼妳肯讓我看這幅畫呢？」

穗乃香頭一次來到這裡的時候，望把畫布翻轉過去。望大可再賞她一次閉門羹。

望板著臉思索，目不轉睛地打量穗乃香。

「……我自己也覺得很矛盾……只是聽到妳那麼誠心誠意地說想看這幅畫，就心軟了……」

「心軟……？」

穗乃香茫然地反問，望笑說：

「妳說妳從沒看過那麼美的月亮，這句話其實滿中聽的。」

夕陽斜射的美術室裡隱約傳出笑聲。

顏料和蠟的味道。

遠處傳來運動社團的喧囂聲。

「……我可以再來看畫嗎？」

臨走前，穗乃香如此詢問，望頭也不回地回答：

「隨便妳。」

穗乃香不禁與黃金相視而笑。

離開美術室時，窗外的天色已經暗下來。走過幽暗的走廊來到樓梯口，穗乃香抬頭仰望燈火通明的美術室。望似乎還要繼續留在美術室裡思考構圖。

「天眼女娃兒。」

黃金把尾巴纏在前腳上端坐著，呼喚穗乃香。

「我要去其他地方，就在這裡和妳道別了。」

「祢要回良彥先生家嗎……？」

「不是……不過……」

黃金語帶含糊，轉動黃綠色的眼眸。

「妳以後也要繼續支持良彥。」

「咦……」

穗乃香一時間不解其意，不禁反問：

「黃金老爺不也一直支持著良彥先生嗎……？」

「我說過吧？我是中立的，支持的唯有大神一神。」

黃金的眼眸在幽暗中閃耀著詭譎的光芒。

「有妳支持，或許那小子有一天也能看見月光。」

穗乃香還來不及追問這是什麼意思，黃金便隨著一陣風，自她的眼前消失。穗乃香壓住被風吹起的髮絲，環顧四周，已然不見狐神的身影。

「黃金老爺……？」

輕聲的詢問隨著白色氣息一同融化在空間裡，消失無蹤。

⛩

「咦？原來黃金那傢伙跑去找妳了？」

自大主神社歸來的隔天晚上，良彥接到穗乃香的電話。

「那傢伙……我還在想祂怎麼跑得不見蹤影……」

雖然自己並非祂的飼主，也沒有照顧祂的義務，但是得知祂跑去別人家，心裡依然怪不是滋味的。

『其實祂昨天就來了……』

「是不是向妳討甜食吃？」

『……啊，這個嘛，呃……』

「祂果然討了啊……」

『……甜、甜甜圈……』

聽了穗乃香的回答，良彥深深嘆一口氣。那尊狐神不管去什麼地方，討的東西都不難預測。光是一個甜甜圈鐵定無法滿足祂吧。

『你和黃金老爺怎麼了嗎？』

電話彼端傳來穗乃香憂心忡忡的聲音。良彥靠在椅子上，瞥了身後的床鋪一眼。平時總是在床上蜷縮成一團或露出肚皮睡大覺的毛茸茸物體，現在不在了。

「不，沒事啊，也沒吵架……」

良彥回想起黃金離開的那一天。祂確實自始至終都不贊同良彥硬是更改差事內容的做法，但還不至於為此離家出走吧。

「祂現在還在妳那裡嗎？」

良彥詢問，穗乃香不知在思索什麼，慢了一拍才回答：

『啊，不，傍晚分開以後我就沒見到祂……』

「這樣啊……祂有說什麼嗎？」

黃金出門並不稀奇，但這是祂頭一次跑去找穗乃香。聽了良彥的問題，穗乃香略微思索過後，開口說道：

『關於差事，祂好像有些話想說，卻不能跟你說……或許是因為這個緣故，才想稍微保持距離……』

「啊……」

良彥仰望天花板。同為神明，黃金素來熟知神明之事，想必過去也不乏祂明明知情卻三緘其口的情形。

「所以祂才刻意離開啊……」

良彥抓了抓頭。在意這種事，要怎麼當差使的監督者？

『祂也沒回去找你嗎……？』

聽見穗乃香彷彿巴不得立刻出門尋找的口吻，良彥連忙拉回意識。

「不要緊、不要緊，那傢伙常常突然搞失蹤。祂好歹是神明，過一陣子就會回來啦。」

良彥說道，這番話竟也像是說給自己聽似地。實際上確實如此，良彥並未和黃金爭吵，也沒有犯下什麼讓黃金棄他而去的錯誤，沒什麼好擔心的。

「如果祂又去找妳，妳再通知我一聲，這樣就夠了。」

『……嗯。』

聽著穗乃香如釋重負的聲音，良彥微微一笑。不能讓她感到自責。

『啊，呃，還有另一件不相關的事……』

穗乃香連珠炮似地說道，似乎是擔心良彥掛斷電話。

『今天，有同學說我……是個怪人。』

「怪人？」

聽到意料之外的話題，良彥愣愣地反問。

『嗯。可是，她說怪比較有趣……』

良彥原以為穗乃香是要描述別人說她壞話的始末，但似乎並非如此。他配合穗乃香揀選詞語說話的步調，點頭附和。

『她勸我既然怪，就怪得坦然一點……我聽了以後很吃驚，雖然吃驚……該怎麼說呢……卻很開心。』

穗乃香用細若蚊蚋的聲音說道。

『我一直以為自己必須表現得普通一點才行。以為我無法融入大家是因為這雙奇異的眼睛。可是，其實不是這樣，對吧……？』

聽了這個問題，良彥微微地瞪大眼睛。剛認識的時候，他從未想過穗乃香會問自己這種問題。他以為，穗乃香早已接受因為擁有天眼而孤獨的處境。或許畢業在即，讓她產生了某些感觸吧。

「……嗯，用不著表現得普通啊。再說，怎麼樣才算是普通呢？」

良彥露出苦笑。良彥是差使，所以能輕易接納穗乃香的眼睛。有人肯定自己最大的自卑感來源，是種無上的喜悅。雖然穗乃香應該沒有說出天眼的事，但是不難想像這句「既然怪，就怪得坦然一點」，必然敲開了她封閉的心房。只不過，這個想像竟讓良彥的心頭一陣騷動。

『也有人說我好像對其他人沒興趣……該怎麼說呢？這幾天，我一直在思考自己的事。』

穗乃香隔著電話傳來的聲音似乎有點上揚。

『從前覺得這樣就好的事，一點一點地崩潰、一點一點地瓦解……雖然有點可怕，不過，這是好現象吧……？』

身體倚著的椅背微微地嘎吱作響。良彥可以輕易想像穗乃香滿臉不安的模樣。

「當然是好現象。」

良彥斬釘截鐵地回答。平時良彥總是仰賴穗乃香的幫助，他很高興自己現在能夠推她柔弱的背部一把。

「我想，妳現在大概正值這種時期。這是很重要的。」

良彥沒做過多少自我分析，說不出什麼大道理，不過，穗乃香開始正視自己的問題，這是很重要的一步。良彥明明這麼想，回答時胸口卻隱隱作痛。

『……謝謝。』

電話彼端的穗乃香鬆一口氣。

『良彥先生，謝謝你的傾聽。』

穗乃香柔聲說道，道了句晚安之後，便掛斷電話。

「……晚安。」

望著宣告通話結束的液晶螢幕，良彥嘗到一股被遺棄般的奇妙孤獨感。

要點

神明講座 1

告訴我秦氏和松尾大社的關係！

從大陸移居日本的秦氏，信仰的總氏神是奉祀於松尾山的神明。大寶元年（西元七〇一年），秦忌寸都理奉敕命興建社殿，自此以來，秦氏便成了卜祝（神職），代代奉職，直到明治時代。根據《古事記》記載，松尾大社的祭神大山咋神是「手持響箭之神」，而響箭是東北亞遊牧民族使用的物品。此外，松尾大社也奉祀了市杵嶋姬神。身為宗像三女神之一的祂，是掌管日本與大陸間交通的航海之神，由此也可窺見秦氏的海外移民色彩。

進入平安時代以後，松尾大社和
賀茂神社被視為都城的守護神，
並稱為「賀茂之嚴神，
松尾之猛靈」喔！

二尊　嚆矢之月

一

年少時代的須佐之男命坐在陡峭的懸崖上，眺望腳下這片名為大海的大水池思考許久。直到身旁的新芽長成小樹，開枝散葉，落葉萌芽，化為大樹，又乾枯凋萎，祂依然在思考。

「……父親伊耶那岐神為何要我治理這樣的大水池呢？」

湛藍的大海今天依舊如常，在姊姊大日孁女神化身的太陽照耀下，猶如灑滿雲母碎片一般閃閃發亮。下雨時，大海映照灰暗的天空，變為鈍色；暴風雨來臨時，大海掀起巨浪，波濤洶湧，幾天後又恢復平靜。哥哥月讀命靠著月亮的力量管理大海的潮汐，須佐之男命覺得自己根本毫無用處。

「又或者父親的意思，正是要我什麼也別做？」

交給姊姊治理的是神明的國度高天原，交給哥哥治理的是日落後的夜之國。自己長年以來坐在這裡無所事事，世界依然照常運轉。或許伊耶那岐神原本就對祂毫無期待。雖然明白只要有兄姊便足以成事，但是獨獨不分封么兒於理不合，因此才勉為其難地命令祂治理大海。自己素以身為伊耶那岐神之子為傲，其實不過是尊不成材的么神罷了——一思及此，淚水便從須佐之男命的碧眼汩汩流出，為祂的哭聲顫慄的草木紛紛枯萎，山河乾涸，大地搖動；凡人莫不恐懼，竭盡所能地獻饌祈禱，但是男神視若無睹。

「祢要哭到什麼時候？賢弟。」

某日，月讀命從夜之國來訪，呼喚慟哭的須佐之男命。

「祢嚎啕大哭的聲音都傳到我的轄地來了，連我的妻子和年幼的女兒都感到害怕。祢在傷心什麼？」

哥哥那頭烏黑亮麗的長髮和月光般的眼眸依舊美麗如昔。

「兄長，對不起，我只是為了自己的窩囊而哭泣。」

「窩囊？」

「因為我太不成材，父親伊耶那岐神只好叫我治理這片大水池。」

須佐之男命再度將視線移向大海。

「倘若我是一尊高貴的神，就能幫上兄長和姊姊的忙——」

話還沒說完，須佐之男命的背部便承受了強烈的衝擊，頭下腳上地掉進懸崖底下的大海。

祂不明白發生什麼事，在水裡拚命掙扎，當祂奮力從水面探出頭來時，看見的是從懸崖上一臉愉悅地俯視自己的哥哥。

「祢做什麼？」

要不了多久，須佐之男命便明白祂是被推下來的。自己可是在無意間觸怒了哥哥？雖然哥哥奉命治理的是夜晚那樣的靜謐世界，但是看祂若無其事地將弟弟踢落海中，便可知道祂的性情並不溫和。

「如何？賢弟，被祢稱為大水池的大海是什麼滋味？」

月讀命詢問抓著附近岩石的須佐之男命。

「滋味……？」

在海浪的拍打下，須佐之男命被濺得滿頭飛沫。直到此時，祂才知道海水是溫的，而且有味道。

「那是鹽。凡人和野獸都必須吃鹽過活。」

「……鹽。」

須佐之男命舔了舔自己潮濕的手，再次確認味道。接著，祂重新凝視占據了視野的大海。湛藍的水面緩緩地搖曳生波。

「祢瞧。」月讀命指著一隻飛過天空的海鳥。

有著白色翅膀的美麗鳥兒在大海上方盤旋，鎖定目標，猶如飛矢般潛入水中。這幅光景須佐之男命在崖上見過許多次，只當鳥兒是在玩耍，甚至覺得啼笑皆非，心想究竟有什麼好玩的？然而，離開水面的鳥兒嘴裡，竟叼著須佐之男命從未見過的銀色生物。

「賢弟，有些生命只能在這個大水池裡才能活命，而有些生命便是靠吃這些生命維生。」

俯視著須佐之男命的金色雙眼看似冰冷，卻又溫暖。

「保護大海，即是保護凡人，這就是父親對祢的期望。然而，祢不僅沒有傾聽凡人的聲音，甚至嚎啕大哭，導致大地搖晃。祢知道這對凡人而言是多麼嚴重的事嗎？」

此時，須佐之男命想起凡人為了安撫自己而送來許多供品。山脈改變形狀，河川改變流向，對於神明而言都是微不足道的小事，但是對於凡人而言，卻是攸關生死的大事。

「賢弟。」月讀命繼續問道：「祢只是枯坐在這裡，就自以為懂了什麼嗎？」

彷彿有風箱煽動一般，小小的火花在須佐之男命的心頭爆裂開來。

愕然瞪大的雙眼映出滿布視野的湛藍。

日復一日眺望的大海揭去紗幕，以鮮豔的色彩包圍須佐之男命。

只要定睛凝視，便可看見。

五顏六色的珊瑚在陽光射入的海水中搖曳，小魚如流星般群聚，大魚緊追在後，海藻在岩石上扎根，貝類潛藏在沙地裡。更加細看，還可看見比米粒更小的生命四處躍動。

——生氣蓬勃。這裡充滿了生命。

在自己枯坐崖上的這段漫長時光裡，大海的搖籃孕育了許多生命，創造了這個世界。

「兄長……兄長！」

須佐之男命難以克制興奮之情，高聲呼喚哥哥。

「大海居然充滿這麼多生命！父親伊耶那岐神是要我保護它！我卻什麼也不明白……」

不明白大海的可貴，不明白父親的用意，也不明白凡人的心意。

須佐之男命沐浴在飛沫中，拭去臉頰上的淚水。

「這片大海正是生命的源頭……」

聞言，月讀命微微一笑，絲毫看不出祂剛剛才將弟弟踢落海中。

「既然明白，就別哭了。」

月讀命壓低聲音，仰望天空。

「不是所有人都能像祢這樣想哭就哭……現在，姊姊連淚水也不能流。」

雖說是奉父親伊耶那岐神之命統治高天原，但早在自己誕生之前，便有許多神明在高天原生活，想當然耳，這些神明有祂們自己的一套秩序。如今伊耶那岐神的女兒突然出現，宣告從今天起祂便是首領，自然有許多神明難以接受。

「既然有伊耶那岐神的詔書，眾神自然不能明目張膽地反對。祂們表面上裝出擁戴姊姊的模樣，卻把祂軟禁在高天原的最深處，專權擅政，謊稱是遵從姊姊的旨意行事。我也是直到最近才確信這一點。」

須佐之男命睜大了眼睛。祂完全沒想到在自己只顧著哭泣的時候，姊姊卻被孤立了。

「可是，父親斷不會容許這種事發生的！」

「父親已是隱遁之身。祂將高天原託付給姊姊，這是姊姊必須解決的問題。」

月讀命斷然說道，垂下了視線。

「姊姊曾說過，祂很羨慕祢能夠放聲大哭。那是在祂前去高天原不久後的事……祂偷偷造訪我的轄地，向我傾訴祂的困境。」

月讀命憶起當時，露出悲傷的表情。

「姊姊為了顧全大局而一再忍讓，結果反倒讓祂們得寸進尺。但願祂能夠痛下決斷，做出取捨……」

海風吹拂著月讀命的烏黑秀髮。

「若是演變成不容坐視的局面，或許有一天我們兄弟必須聯手。」

在那雙比世上任何寶玉都更加美麗的月光眼眸俯視下，須佐之男命不禁倒抽一口氣。多麼可靠、多麼威武的哥哥啊！只要與哥哥同在，便能夠跨越任何苦難，即使對手是高天原的那些老神亦然。

「賢弟，在這個美麗的國家，無論是姊姊的太陽或是我的月亮，都是沉落大海，又從大海升起。」

在海風的吹拂下，哥哥的渾厚嗓音猶如在昭告全國各地一般朗朗作響。

「維繫姊姊與哥哥的——須佐之男命，就是祢這片大海。這樣的祢，豈會不成材呢？」

「兄長……」

須佐之男命熱淚盈眶。然而，草木並未因此枯萎，山河也不再為此乾涸。胸口深處彷彿有一股巨大的力量湧上來，將祂整個身子頂向天際。

「兄長，兄長！我以父親伊耶那岐神之名立誓！無論今後發生何事，我都不會忘記身為三貴子的驕傲，直到此身枯朽的那一刻為止！」

須佐之男命拉開嗓門，使盡渾身之力叫道。

「即使必須與數億人為敵，我仍會與兄長、姊姊站在同一陣線！」

之後，時光流逝，漸趨混濁。

「賢弟！賢弟，拜託祢！」

烏黑亮麗的秀髮猶如蒙上塵埃一般汙濁，鬍鬚雜亂滋長，望著須佐之男命的月光雙眸閃耀著異樣的光芒。

「拜託祢，拜託祢帶我去高天原！帶我到姊姊身邊！」

月讀命衣著凌亂，絲毫未整理，拖曳在地的衣襬磨得破破爛爛。祂似乎是赤腳而來，腳上滿是泥巴，指甲沒有修剪的手用近乎扭臂的力道抓住弟弟的手臂。

「長年以來，我安排妻女遠走他鄉，獨自治理夜之國……可是、可是，我再也無法忍受……我捎了好幾次信，卻一直沒有收到姊姊的回音。信根本沒有送到祂的手上！」

不知哥哥哭了多久？哭啞了嗓子的祂，聲音變得嘶啞又難聽。

「我能夠依靠的只剩祢一個！沒有嫌疑的祢一定進得了高天原！我就歛聲屏息，躲在祢的行李裡。這麼一來，一定可以……」

「兄長……」

面對再三懇求自己的哥哥，須佐之男命靜靜握住祂的手。曾經那麼結實的手，如今變得瘦骨嶙峋、青筋浮現。凹陷的雙頰使祂更顯落魄，悲慘的樣貌教人難以相信祂是三貴子之一。

「賢弟，須佐之男命，拜託祢……拜託祢了……」

月讀命的腳已然使不上力，軟倒下來，須佐之男命連忙抱住祂的身子。衣服底下是如枯木般羸弱消瘦的身軀。須佐之男命於心不忍，緊緊閉上眼睛。這已經足夠讓祂粉身碎骨也在所不辭了。

只要是為了這個說祂絕非不成材的哥哥——

⛩

須佐之男命倚著樹齡一千三百餘年的大杉樹的盤屈樹根而坐，突然察覺一股氣息而睜開眼睛。這座位於出雲山間的神社，座落於恬靜的田園風景中，平時只聽得見流過神社境內旁的河水聲。年底寒流到來，周圍化為一片雪景，現在雪已經融化，冬日照耀著地面。

「……祢來這裡做什麼？方位神。」

在滿布青苔的樹根環抱中，須佐之男命打了個小盹兒。和煦的陽光灑落在這片位於神社後方的小森林。

「該不會是來譴責我的吧？」

須佐之男命豎起單膝，對黃金投以調侃的視線。祂昨天對差使挑明了尋找荒魂只是白費功夫，身為監督者的狐神，想必也已經得知此事。

「祢做了什麼該被譴責的事嗎？」

「可以說有，也可以說沒有。」

須佐之男命故意裝蒜，聳了聳肩。

「追根究柢，都是大神不好，竟然在我正盤算著好好掂量差使的斤兩時，分派了那樣的差事，根本是故意從中作梗。」

聞言，黃金啼笑皆非地哼了一聲。

「祢要做什麼是祢的自由，我無意阻撓，也無意協助。不過，身為大神的使者，有句話我必須要說。」

黃金搖動著蓬鬆的尾巴，筆直凝視須佐之男命。

「我不容許祢阻撓差使。無論祢在打什麼算盤，都別妨礙良彥辦理差事。要知道，差事即是大神的意志。」

須佐之男命微微瞪大眼睛。

「這可教我吃驚了。一陣子沒見，沒想到方位神居然變得對凡人如此友善。」

「我這番話不是為了凡人，是為了大神而說。」

「是嗎？別的不說，方位神竟與凡人一同生活，便已經教人難以置信。」

須佐之男命狐疑地瞇起眼睛。說到京都的方位神，可是曾經陷凡人於恐懼之中的神明，素來不留情面，為何現在會幫助差使？

「再說，我的話已經說得那麼絕了，差使也該死心了吧。方位神，也請祢好好開導他，要他別蹚這灘渾水。這麼一來，我就用不著一再打擾。」

須佐之男命再度倚向大杉樹，掛在胸前的玉石和勾玉互相碰撞，玲玎作響。祂投以令人意外的溫和視線，用巨大的手掌輕輕壓住它們。

在樹梢上歇息的小鳥啼叫一聲，振翅飛去。

「……無論我們說什麼，良彥都不會死心的。他就是這樣的人。」

黃金仰望從枝葉縫隙間灑落的陽光，靜靜地開口說道。

「祢真的要這樣下去嗎？」

黃綠色的眼眸再度貫穿了須佐之男命，然而，須佐之男命的心不會因為這等小事便動搖。

「當然。」須佐之男命悠然微笑。「這樣就好了。」

苦心製造的均衡至今仍然維持著日本的和平。

黃金本想開口，動了動耳朵，但終究還是沒有多說什麼。

⛩

漆黑的天幕破了一個洞——望著由圓轉缺的月亮，月讀命如此暗想。雖然離京都鬧區已有一段距離，但是點綴穹蒼的星星依然稀疏，只有月亮散發皓白的光芒。

「夜晚每天，都會降臨，代表舍弟，有好好代我，治理夜之國。」

夜已過半，月讀命巡視完全國各地奉祀自己的神社後，又回到京都的神社，在境內仰望了夜空片刻。現在全國各地奉月讀命為祭神的神社很多，但不知何故，還是這裡最為舒適，因此月讀命總是會回到這座神社。或許這座神社別具意義，只是祂想不起來而已。

「現在的我，無能為力……」

月讀命緩緩地握住右拳，黑色手套底下竄過一陣鈍痛。祂輕輕地嘆了口氣。

白天，差使為了祂的事義憤填膺，不過聽聞弟弟吞食自己的荒魂，其實月讀命並未受到太大打擊，而是猶如紙張吸水一般，輕易地接受這件事。雖然月讀命不記得，但是須佐之男命聲稱祂已經說過許多次，或許在月讀命的心底深處留下了印象。

月讀命坐在敞開的神社入口，拿起白天找到的竹取翁書卷。這捆書卷究竟是什麼時候收在神社裡的，月讀命毫無記憶；不過，就紙張的損傷程度判斷，自己應該反覆閱讀過許多次。為了避免造成更多損傷，月讀命小心翼翼地攤開書卷，只見在故事尾聲，有一幅輝夜姬向老翁夫婦訴說自己必須回歸月亮的圖畫。圖畫原本似乎有上色，但是在經年累月之下褪了色，只剩下墨色輪廓。月讀命看著圖畫，念出浮現於腦海中的故事段落。

「……妾若生於此國，必承歡膝下，不使哀嘆。別離非妾所願，且留衣紀念，如逢月夜，祈望月思妾……」

我是從月亮來的，不能繼續待在這個國家。這種情形實在非我所願。請把我留下的衣物當作紀念，在月亮出來的夜晚，請看著月亮思念我——月讀命淡然念出輝夜姬訴說這番話的場景，不帶任何感情。後來，輝夜姬留下一封信給皇帝，穿上會讓她遺忘地上所有事的羽衣，跟著前來迎接她的隨從回到月亮。

「……攜百餘天人，乘車升天。」

月讀命背誦到這個部分，視野倏地歪斜，這才察覺自己撲簌簌地掉下眼淚。視如己出的女兒即將離去，老翁夫婦必然十分傷心——月讀命雖然這麼想，卻找不出自己落淚的原因。祂覺得，自己是因為其他理由哭泣的。祂將書卷完全攤開，只見空白處以熟悉的字跡註釋：『我似乎一讀這個故事就會哭。』那是祂自己的字跡。見著這段文字，月讀命忍不住笑了。原來祂每次都會哭，不是只有今天。八成是聽了弟弟的建議，才記錄下來的吧。雖然不知道是落淚在先，還是默背在先，但看來自己對於這個故事懷有特別的情感。

月讀命拭去臉頰上的淚水，仰望夜空。輝夜姬為何來到地上，並沒有詳細記述。不知她的生父生母和家人是抱著什麼樣的心情在等待愛女回家？

「……家人啊？」

月讀命喃喃自語。對於現在的自己而言，一提到家人，頭一個浮現於腦海中的便是弟弟須佐之男命。雖然祂還有個姊姊天照太御神，卻已經很久沒見面。不，或許見過面，只是自己不記得而已。

「家人……」

祂再次說道，這次是用清晰的聲音。視野再度扭曲，一顆淚珠從右眼掉下來。然而，月讀命不明白理由為何，歪頭納悶。只要太陽升上天空，便代表姊姊康健如昔；今天現身的弟弟也依舊強壯，父親與母親想必都在奉祀祂們的處所安養天年。既然如此，祂何須流淚？

「……我是不是，忘了什麼……？」

所有記憶都被荒魂帶走了。不過，縱使荒魂與和魂俱在，現在的自己也不見得就能夠記得一切。祂所知道的過去，都是透過弟弟的描述得知。

月讀命用右手遮擋月光，接著又緩緩撫摸自己的臉頰。一如平時的肌膚觸感隔著手套傳來。有別於留著烏黑長鬚的須佐之男命，自己分不出是年少或年邁的外貌看起來既脆弱又虛幻。祂自知力量微薄，因此一直聽從弟弟的指示，不疑有他。然而，差使卻在祂早已冷透的心裡點起微弱的火苗。

失去荒魂之前的自己究竟是什麼模樣？

怎麼說話？怎麼笑？怎麼生活？怎麼治理夜之國？

想知道這一切，難道是種過錯嗎？

停止的思考似乎再次轉動生鏽的齒輪，開始運轉。不過，這同樣是種旭日東升後便會消失無蹤的短暫衝動。月讀命面向書案，拿起毛筆。距離日出所剩的時間不多，在那之前，祂必須記錄在日記裡。

飽含墨水的細長毛筆在紙上滑動，寫下他的名字。

祂必須牢牢記住。

尋找自己的記憶有什麼錯——記住這麼說的差使。

二

與良彥通電話的隔天，穗乃香待在家裡卻坐不住，便決定前往學校的圖書室。今天不必到校，不過除了學校以外，她沒有特別想去的地方。一月下旬的街頭寒意逼人，雖然尚未形成雪雲，天空依然帶著憂鬱的色彩。不過，穗乃香並不討厭這種寒意。縱使冷空氣刺痛了臉頰，乾燥的寒冬空氣卻洗滌了肺部。

——既然怪，就怪得坦然一點吧。

穗乃香走在馬路上，回想起先前望所說的話。她曾經希望自己擁有的是雙普通的眼睛，但是關鍵或許不在於眼睛。穗乃香垂眼望著凍僵的雙手。她不是對其他人毫無興趣，也不是因為無動於衷而緘默不語。她缺乏的是表現情感的自信。

「……表現。」

這句輕喃聲在嘴邊的圍巾裡消失了。以望為例，畫畫應該就是她表現意志的方式吧。在她隱藏的那幅畫裡，冰冷凜然的藍月想必也蘊含某種意義。

穗乃香循著平時的路徑轉乘電車，抵達學校。操場上，低年級生正在上體育課。穗乃香穿越操場角落，來到樓梯口，仰望從樓梯口可見的美術室窗戶。緊閉的玻璃窗彼端不見人影。望說要參展，或許今天也來學校了。穗乃香換上室內鞋，在樓梯下方猶豫片刻，最後還是決定前往美術室一探，但是看到的只有散發些微顏料味的空教室。望今天似乎不在。

若要問穗乃香擅不擅長畫畫，她不曉得該如何回答。她的靜物素描曾經獲得老師讚美，但要她畫出任意想像的東西，她便不知該如何下筆。望所畫的藍月，她大概永遠畫不出來。因此，穗乃香不太明白要如何在畫中灌注自己的意念與感情。

穗乃香來到圖書室一角，拿起一本現代美術資料集，書中刊載了繪畫、雕刻及塑像等各式各樣的東西。損壞的椅子、看似只是將墨水潑灑在畫布上的畫，每翻開一頁，便對穗乃香提出問題，但是穗乃香找不到明確的答案。

「……答案應該更單純吧……」

閱讀《竹取物語》而哭泣的她，得知異聞之後畫下藍月的理由。穗乃香在口中嘀咕，把資料集放回書架上，接著將視線移到旁邊一本名為日本人畫家特集的雜誌上。那是幾年前出版的雜誌，似乎無法引起高中生的興趣，看起來依舊完好如新。翻開雜誌一看，裡頭詳盡介紹了傑出日籍畫家的作品。穗乃香漫不經心地觀看內文，下一瞬間，腦袋變得一片空白，她忍不住閉上眼睛。

——是月亮。

穗乃香花了幾秒鐘才認出來，是藍色的月亮。

她戰戰兢兢地睜開眼睛，只見和望的畫一模一樣的藍月，隔著頁面照耀著自己。

⛩

那個畫家名叫羽田野唯司。穗乃香用智慧型手機搜尋，找到幾個網站。雖然沒有官方網站，卻有展覽他畫作的市內畫廊，穗乃香遲疑片刻後，決定前往畫廊。望的畫或許是受到他的影響——一思及此，穗乃香便想親眼看看羽田野的畫。

轉搭地下鐵抵達的畫廊，位於不知有無營業的咖啡店和拉下鐵捲門的舊書店之間。擦得敷衍了事的玻璃門上，以斑駁的白色墨水印著營業時間上午十點至下午七點。穗乃香在玻璃門的另一頭發現了那幅月亮畫，略帶遲疑地握住門把。

「……打擾了。」

穗乃香踏入畫廊，只見一名看似店主的老年男子坐在深處的沙發上，視線微微從手中的報紙抬起來。

「請問我可以看一下那幅月亮畫嗎……？」

穗乃香原本以為店主會說這裡不是高中生該來的地方，但店主只是一臉稀奇地望著穗乃香，說了聲「請便」。

算不上寬敞的畫廊裡擺了好幾幅畫，看似出於同一人手筆的月亮畫共有兩幅，是以公園和高樓大廈為題材的風景畫，畫中都有大大的月亮。綻放著藍色光芒的月亮和望所畫的月亮，無論是色調或筆觸都十分相似。

「……這麼一提，幾年前也有個國中女生來看畫。」

店主折好報紙放到桌上，拿下眼鏡，揉了揉眼角。

「羽田野的畫有那麼好看嗎？」

店主緩緩起身，從旁邊的架子上抽出一張單色印刷傳單，走向穗乃香。傳單上是一個看起來有點神經質的男人手握畫筆面對畫布的照片，以及畫家羽田野唯司的名字和簡歷。

「這個人一直無法放棄當畫家的夢想，搞得妻離子散。記得他說過他女兒今年畢業，大概和妳同年紀吧。」

聞言，穗乃香微微倒抽一口氣。

「……他有女兒……？」

「他說已經有好幾年沒見到女兒了，八成是沒臉見她。」

店主望著畫布，半是嘆息地說道：

「月亮畫很美但一直賣不出去，倉庫裡還有好幾幅。我常建議他乾脆改畫大白天吧。」

穗乃香再度將視線轉向牆上的畫。畫框裡的畫布上，以含蓄的色彩繪出沉落夜色中的公園遊樂器材，靜謐的空氣彷彿飄盪到了畫外。

「而且他只畫滿月。我從沒看他畫過新月或弦月，永遠是圓圓的月亮。」

——當湛藍色的滿月升起時，便是再相聚之時。

望所說的異聞中的話語再次在耳邊迴盪。

「……是有什麼特別的意義嗎？」

「誰知道？」

店主對如此詢問的穗乃香聳了聳肩。

「他就像個傻瓜般一頭熱。」

穗乃香凝視著高掛於攀登架上方、宛若夜空中開了個洞的月亮，好一陣子都無法動彈。

⛩

高達二十四公尺的紅漆大鳥居橫跨了通往平安神宮的神宮道兩側，高高矗立。鳥居是在昭和年代建造的，從前京都市電的停靠站就在附近，對於香客而言是最好的地標。現在，周邊多了美術館、圖書館及展演會場等設施，本地居民自然不用說，觀光客也常造訪此地。

「聽說那座美術館春天要進行改建工程。」

男子戴著連帽上衣的帽兜，盤坐在鳥居最上層的笠木上，指著右側的建築物。

「我很喜歡那座美術館，不過既然老朽了，改建是無可奈何的事。出雲也是每六十年遷宮一次。」

把美術館和神社相提並論，令人難以苟同，不過這尊男神似乎不在乎這類細節。話說回來，祂對於那座美術館居然熟悉到足以用「喜歡」兩字形容的地步，可見得祂常去參觀。或許這才是最該驚訝的事。

「好了，有什麼事？」

同樣坐在笠木上的黃金用尾巴纏著前腳，啼笑皆非地轉過黃綠色的眼眸。

「問歸問，看祢刻意把我叫來這種良彥不會發現的地方，我心裡也有數……」

一陣冰冷的風吹過。大國主神眺望著穿梭於鳥居底下的汽車行列，抬起頭來，露出難以捉摸的笑容。

「既然祢心裡有數，那就好辦了。」

「八成是為了這次的差事吧？」

「沒錯。我透過個人的情報網得知這次的委託神是月讀命，良彥在尋找祂失落的荒魂。」

大國主神盤腿而坐，以手肘抵著膝蓋，瞇起眼睛。

「我就開門見山吧，方位神老爺，祢知道月讀命的荒魂在哪裡嗎？」

風聲拍打著耳朵。

「……倘若我知道，又待如何？要我告訴良彥嗎？」

黃金一動也不動地回望男神的雙眼。在祂的注視下，大國主神聳了聳肩。

「不，那倒不是。他想找荒魂，就讓他去找……只不過，一想到追查荒魂的下落或許會導致那件事曝光，那可就不太妙。」

「那件事？」

黃金慎重地反問，大國主神說道：

「方位神，祢的誕生遠遠早於三貴子，應該知道祂們姊弟之間的恩怨吧？」

黃金微微地抽動耳朵。比起問題的內容，大國主神問起這件事更讓祂產生些微的動搖。

「為何年少的我知道這件事的疑問暫且擱到一邊吧。這次的事態挺嚴重的，良彥或許會把陳年舊帳全都翻出來。」

大國主神道出黃金的心思，把視線移向腳下的景色。

「……到時候，難道要他承擔這一切嗎？」

平時總是帶著柔和笑意的眼眸散發著堅硬的光芒。黃金微微嘆一口氣說道：

「大神並未取消這件差事。」

「所以祢也不置喙？」

「沒錯。我只會見證差事達成，不會阻撓。」

黃金無視竄過胸口的鈍痛，斷然說道。祂的心意已決，也刻意和良彥保持距離，不會在這個關頭改變主意。

「月讀命的荒魂在何處，我也不知道。從前，同情祂的眾神用盡方法尋找，卻始終找不到。大神只是交代良彥尋找荒魂，並非要他挖掘三貴子的過去。」

「祢是說真的嗎？」

大國主神的雙眼再度望向黃金。

「月讀命的荒魂是在那場騷動過後失落的，我不認為兩者之間毫無關聯。尋找荒魂的期間，很有可能誤啟禁忌之門。」

「只是可能而已。」

「套句凡人的說法，這叫危機管理。」

黃金有些困惑地豎起耳朵。平時大國主神對於複雜的問題總是能避則避，現在居然一反常態，打破砂鍋問到底。老實說，黃金也不是沒有考慮到這一點。為何大神直到現在才選派月讀命為差事神？明知尋找荒魂也許會導致封印的歷史解密，為何還受理這件差事？黃金也預料到良彥或許會誤觸禁忌，大國主神所說的可能性十之八九會成真。

「……又或是大神認為良彥也許辦得到。」

黃金不敢斷言，不過既然大神受理了這件差事，就只能這麼解釋。

「……神明無能為力。縱使是再怎麼智計過人的神明，都找不到月讀命的荒魂，也找不到還原扭曲真相的方法……不過……」

——不過，如果是凡人的話……

「……月讀命的荒魂姑且不論，現在對凡人揭穿那件事，有什麼意義？」

若有所思的大國主神用壓抑的聲音說道。
「我想，至少岳父是希望維持現狀。」
黃金輕輕用鼻子哼了一聲。連女婿都說同樣的話？
「須佐之男命正是這麼說的。」
說完，黃金垂下視線。
「……或許大神持的是反對意見。」
乾燥的寒風吹過兩神之間。
「……大神在想什麼，我不知道。」
不久，大國主神拍了拍雙手站起身。祂把雙手插入連帽上衣的口袋，眺望著京都街景。
「不過我有我的做法。」
「大國主神……」
「明明知情還袖手旁觀，這樣良彥太可憐了。」
聞言，黃金瞪大眼睛。
大國主神把黃金留在大鳥居上，朝著空中踏出一步。當祂踏出第三步時，身影便進入看不見的縫隙裡，消失無蹤。

三

《古事記》與《日本書紀》裡描寫的須佐之男命是一尊任性妄為的神明。祂時而像小孩一樣哭鬧，同時卻也有打倒八俣遠呂知英雄救美的一面。在《日本書紀》中，還有須佐之男命在全國各地植樹的記述，後世的人們對於這尊面貌多樣的男神充滿各種想像。

「……話說回來，吞食哥哥的荒魂，實在是超乎想像啊。」

良彥坐在通往月讀命神社的石階上，拄著臉頰。打從他自告奮勇地尋找恢復荒魂的方法以來，已經過了三天。仔細想想，聲稱哥哥生病而胡言亂語，要良彥別當真；交代月讀命不可隨意離開神社，將祂軟禁；又要祂巡視全國各地的神社，令祂分身乏術，或許全是須佐之男命的計策，為的是不讓月讀命對夜之國或自己的過去產生興趣。

良彥一面打工一面尋思恢復荒魂的方法，卻想不出任何妙計。雖說就此打退堂鼓有辱差使之名，可是被吞掉的東西，要如何拿回來？那應該不是憑空誕生的東西吧。果然只有向須佐之男命討回一途嗎？又或是有重新創造的方法？

「荒魂……會被胃消化掉嗎……？」

負責吐嘈的狐狸如今不在身旁。也不知道祂究竟跑去哪裡鬼混，自從將差事改為尋找荒魂的那一天以來，就不見祂的蹤影，而祂似乎也沒有回頭去找穗乃香。因為這個緣故，良彥無法和祂討論細節，思緒難以彙整。良彥這才明白這尊狐神雖然嘮叨不休，但在差事方面還是很幫忙的。

「良彥。」

月讀命從神社方向現身，一面護著疼痛的腳一面走向良彥。

「舍弟似乎，返回出雲的，神社了。」

「……出雲啊……」

良彥打算再找須佐之男命問個清楚，所以來向月讀命探詢祂的下落。他拍了拍牛仔褲上的沙子，站起身來。

「謝謝祢替我調查。我們家那個長了毛的指南針不曉得跑去哪裡。要是祂在，一問就知道了。」

「不客氣。」

月讀命依舊面無表情地搖了搖頭。

「……你要去，出雲嗎？」

在銀色雙眸的探問下，良彥雖然遲疑，還是點了點頭。

「我想再找祂問個清楚……那時候我太激動了，不夠冷靜。」

雖然面對須佐之男命這尊貴神，能夠保持冷靜才奇怪，可是，至少現在的良彥應該比先前更能沉著以對。

「祢想想，就算再怎麼覬覦夜之國，吞掉哥哥的荒魂未免太扯了吧？所以我想，或許有什麼其他理由。」

向孝太郎請益後，良彥自己也重讀了《古事記》和《日本書紀》，但完全沒有看到任何關於兄弟失和的記述。或許祂們之間發生了什麼不為人知的事。

「哎，不過一想到祂在高天原做的事，又覺得祂就算沒有理由也會吞掉荒魂……」

聞言，月讀命歪頭納悶。

「祂在，高天原，做了什麼事？」

「咦？啊，對喔，這件事祢也忘了。」

良彥帶著五味雜陳的表情回憶《古事記》的內容。這麼做活像在打別人家弟弟的小報告，讓他頗不自在。

「須佐之男命去高天原拜訪天照太御神的時候，為了證明自己沒有邪念，便立下誓約，咬碎彼此的物品，生下神明。祂生下的是純潔無瑕的宗像三女神，因此便得意洋洋地破壞田埂、填平壟溝，使得田地無法引水灌溉，還在神聖的御殿裡潑糞。」

良彥屈指細數，繼續說道：

「啊，還有，祂在織坊的屋頂挖了個洞，把剝了皮的馬扔進洞裡，嚇死了織女。」

「……這些事，真的是，舍弟，做的嗎？」

「《古事記》是這樣寫的。不過，這些都只是凡人的典籍裡留下的故事。」

之後，須佐之男命被拔掉手腳的指甲、剪去鬍鬚，並被趕出高天原做為懲罰。後來祂來到出雲國，為了救日後嫁給祂為妻的櫛名田比賣，擊敗了八俣遠呂知。良彥並不認為《古事記》等典籍的記載絕對正確，不過，除了這些典籍，凡人無從得知神代發生的事。

「我不相信，心地善良的，舍弟會做，這些事。是不是，有什麼誤會？」

「祢的荒魂都被吞食了，為什麼對弟弟的評價還是沒變啊……就某種意義而言，實在令人尊敬……」

良彥把視線從筆直注視自己的月讀命身上移開，如此嘀咕。這尊男神究竟有沒有意識到弟弟對自己做了多麼殘酷的事，實在令人存疑。

「凡人的，古書裡，留下的記述，還有更符合，舍弟作風的……」

說著，月讀命從神社裡拿出一本書，封面寫著《出雲風土記》。

「今早，我在，日記堆裡，找到的。」

「《風土記》……學校好像教過……那是什麼？」

「記載，當地歷史的，地誌。」

月讀命翻開夾著裁切和紙製成的簡易書籤的頁面。

「古傳，須佐能袁命，頭插佐世木葉而舞，葉墜於地，故云佐世。」

良彥靜靜凝視著以稍加流暢的語調念出內文的月讀命。

「……是什麼意思？」

「這是在說，地名的由來。須佐之男命，把佐世樹的葉子，插在頭上跳舞時，葉子掉到了地上，所以這個地方，才被命名為『佐世』。」

「那個須佐之男命把樹葉插在頭上跳舞……？」

良彥無法想像，歪頭納悶。是酒醉以後表演的餘興節目嗎？

「還有，這樣的故事……神須佐能袁命詔曰，此國雖小，猶故里也，故吾之御名不著木石，遂諭令安置御魂……意思是，這塊土地，雖然狹小，卻是個好地方，所以，我的名字，不用來，替樹木或石頭命名，而是用來，替土地命名。」

月讀命從書中抬起臉來，望著良彥。

「舍弟的，根據地，現在依然，在這個地方。以自己的名字，命名的村子，須佐。」

「須佐……」

良彥喃喃說道。光是說出這個名字，便讓他感到猶如清風吹過體內般神清氣爽。這和過去須佐之男命帶給他的恐懼全然不同。剽悍的身軀散發出凶猛的神氣，橫掃所有阻擋眼前之人，所向披靡的蒼藍貴神——或許良彥知道的只有須佐之男命的這一面。

「差使兄，我也一道，前往出雲吧。」

聽了這個要求，良彥微微瞪大眼睛。

「咦……可是，祢不是不能離開神社嗎……？」

「船到橋頭，自然直。」

月讀命牽動臉頰，露出了笑容。

「兩天前的我，在日記裡，寫下一段，有趣的話，說想知道，失去荒魂，之前的自己，究竟是，什麼模樣？怎麼說話？怎麼笑？怎麼生活？怎麼治理，夜之國？想必是受到，你的影響吧。」

「我？」

良彥指著自己，抓了抓頭。他只是為了達成差事而行動罷了。

「而且，今天的我，和兩天前的我，有同樣的念頭。」

祂的聲音似乎比平時更響亮，良彥在無意識間挺直腰桿。

「我也想，親眼看看，舍弟的，根據地……再說……」

月讀命依然面無表情，對滿心困惑的良彥飄然說道：

「我已經，厭倦，等待了。」

祂連昨天的記憶都沒有，照理說與「厭倦」二字應該無緣，竟然還能臉不紅、氣不喘地說出這種藉口。良彥目瞪口呆，隨即忍俊不禁，笑了出來。

⛩

京都至出雲的路線有好幾條，但阮囊羞澀的良彥只能選擇夜行巴士。他挑選的日子是沒有打工的平日，座位比較空，即使月讀命偷偷上車也不成問題。良彥留了張紙條給尚未回家的黃金，不過仔細想想，祂是神明，或許並不需要。

過了熄燈時間，車內變得一片漆黑，良彥用自己的身體擋住液晶螢幕的光線，確認智慧型手機上的時間。決定前往出雲後，他本想聯絡大國主神，又怕被祂拉著四處跑，便決定不通知了。別的不說，根據須勢理毘賣所言，大國主神似乎又和往常一樣四處遊蕩，不知去向。良彥不想被捲進夫妻吵架，還是瞞著祂們為宜。

良彥嘆一口氣，微微掀起密閉車窗的窗簾。模糊的玻璃窗彼端，照耀高速道路的橘色燈光等間隔地流向後方。穗乃香說關於差事，黃金有話想對良彥說卻不能說。祂究竟想說什麼？和良彥更改差事內容有關嗎？

「……祂該不會知道吧？」良彥嘀咕。知道須佐之男命吞食了月讀命的荒魂，尋找荒魂只是白費功夫，所以才不贊成良彥更改差事。

「你，睡不著嗎？」

鄰座的月讀命靜靜問道。良彥露出苦笑，回過頭來。

「搭夜行巴士，一開始總會興奮地睡不著覺，然後越接近目的地就越想睡。」

「到了，我會叫你。」

「多謝。」

有個強制鬧鐘，心裡踏實許多。原本就鮮少睡覺的月讀命頻頻在胸前摩擦雙手。

「……會痛嗎？」

聽到良彥的問題，月讀命握住雙手的手指。不知是不是良彥多心，祂的呼吸似乎也很淺。

「離開，神社以後，我的手指，和腳趾，就突然開始，發疼，胸口，也有點悶。不過，我沒事。」

月讀命做了個深呼吸，把銀色雙眸轉向良彥。

「這可能，是我頭一次，離開神社，這麼久。八成是，緊張吧。」

「祢可別太勉強自己啊。如果撐不住，早點跟我說。」

「是，我知道了。」

除了出巡以外，須佐之男命交代祂別離開奉祀自己的神社，這大概是祂頭一次違背這個交代。祂不再等待弟弟來訪，而是主動去找弟弟。看著為巴士這種交通工具大吃一驚、為座椅的椅背調整功能而雙眼閃閃發光的月讀命，良彥不禁莞爾。即使失去荒魂，夜之國被奪，祂還是可以有祂的樂子，用不著成天關在神社裡。

「……到了出雲以後，我們去吃蕎麥麵吧。」

「蕎麥麵？」

「對，出雲蕎麥麵，一定很好吃。」

「真讓人，期待。」

聊著聊著，良彥漸漸打起盹。

⛩

清晨的出雲市車站冷冷清清，比起當地居民，拉著大型行李箱的觀光客和背著巨大背包的外國人還比較多，應該是因為這裡坐擁知名溫泉地之故。再加上現在是松葉蟹的解禁期，在溫泉裡泡暖身子以後大快朵頤美味的螃蟹，是理想又奢侈的度假方式。換作平時祂會以凡人之姿前往常去的飯店品嘗這種幸福至極的滋味，今天卻面帶憂容地佇立。祂深戴連帽上衣的帽兜，望著高速巴士的下客站一動也不動。不久後，差使便會伴著一神到來，祂只能一味等待。

「……好冷啊。」早已適應出雲冬季的男神喃喃說道。比起凡人，大國主神更耐熱，也更耐寒，但是今早的寒風讓祂起了比平時更多的雞皮疙瘩。

今天來到這裡是為了阻止良彥。若是等到良彥打開禁忌之門，就太遲了。大國主神要在事態演變至此之前，警告良彥莫再插手這件差事，將他打發回去。然而，來到這裡以後，大國主神不得不自覺到這股決意已經產生不容忽視的龜裂。

——又或是大神認為良彥也許辦得到。

黃金的聲音在腦海中縈繞不去。同時，一想到良彥或許得獨自承擔眾神的紛紛擾擾，大國主神便忍不住為他憂心。不過，這或許只是祂杞人憂天。事情尚未發生便要良彥中止辦理差事，是否過於蠻橫？

大國主神一反常態地板起臉來，咒罵了一聲。祂亂無頭緒。雖然大可以將良彥硬是趕回去，但這麼一來，就扼殺了月讀命取回荒魂的可能性。大國主神也知道月讀命現在的困境，只要不牽涉到那件事，祂對於尋找荒魂一事毫無異議。

大國主神苦澀地聽著一再迴盪於耳邊的黃金之聲。其實方位神也知道，大神打的算盤絕不僅止於找回荒魂。大神八成是想對良彥揭露眾神盡皆避諱的真相，而大國主神不明白這和月讀命失去的荒魂有何關聯，所以不好明目張膽地阻止。

「……莫非要找回荒魂，就得面對過去？」

導出的假設之中夾雜著白色氣息。若是如此，根本是刁難，已經超出差使的本分了。良彥沒有義務承擔這種事。

「大國主神。」

身旁的舊識女神靜靜地呼喚難掩焦躁之色的祂。

「他們就快到了。」

今天良彥要來的事，大國主神並未告訴須勢理毘賣。若是告訴祂，祂必然會對試圖打發良彥回去的丈夫起疑。須勢理毘賣毫不知情，大國主神不能擅自揭穿須佐之男命長年隱瞞的祕密。這是祂對希望維持現狀的岳父應盡的道義。

——沒錯，岳父說過這樣就好。

大國主神如此告訴自己，抬起頭來。一輛大型巴士緩緩駛進圓環。出雲之王吐了口氣，掛上平時的笑容，邁開腳步迎接差使的到來。

⛩

「我等你很久了，良彥！」

清晨，良彥平安抵達出雲市車站，才剛下車，便受到老面孔的熱烈歡迎。

「既然要來出雲，怎麼沒聯絡我？你想去哪裡？天氣這麼冷，要不要去泡溫泉？還是去吃松葉蟹吧！」

祂無視一旁靜觀的月讀命，抓住良彥的肩膀，連珠炮似地說道。

「我家隔壁的歷史博物館也是個好去處！櫃台小姐既親切又漂亮，我還買了年票呢！要去看看嗎？」

「你買年票的理由未免太不純正了吧？」

良彥勉強運轉幾乎沒睡的腦袋吐嘈，用右手摀住臉。別的不說，祂明明是神明，幹嘛規規矩矩地買年票？

「……我根本沒聯絡，為什麼你還能跑來接我啊……」

良彥的喉嚨深處發出呻吟聲。就是知道會變成這樣，他才刻意不通知的。

「哎呀，良彥，你以為我是誰？」

擁有一副令人嫉妒的好身材的大國主神，依然戴著連帽上衣的帽兜，微微一笑。

「要是我認真起來，連你的內褲顏色和昨天的晚餐菜色都無所遁形。」

「拜託祢把這股力量用在其他地方行不行？」

「只可惜我對你的內褲顏色毫無興趣。」

「有還得了！」

良彥自暴自棄地回答，隨即虛脫地垂下肩膀。為什麼一大早就得陪祂說相聲？

看到良彥的反應，大國主神似乎滿意了，轉向良彥身後的月讀命。

「好久不見，月讀命。」

大國主神的語調變了幾分，良彥不禁瞥了祂在帽兜底下的側臉一眼。須佐之男命是大國主神的岳父，月讀命對祂而言自然也是近親。不過月讀命看見大國主神，反應卻很遲鈍。

「……抱歉，我的記憶……」

「啊，對喔。請別放在心上。我是出雲的大國主神，是令弟的女婿。」

大國主神把手放在胸口，優雅地行了一禮。聞言，月讀命微微瞪大眼睛。

「是嗎？原來祢是，舍弟的……姪女的夫婿。」

祂們過去應該見過不少次面。為了迎娶須勢理毘賣，大國主神接受了那麼壯烈的考驗，或許月讀命也曾聽須佐之男命提過。

月讀命短短地吁了口氣，扭曲臉頰。

「沒想到，有神明，和良彥，如此親近。」

「因為我平時對他照顧有加，所以他很黏我。」

「祢對事實的認知錯得太離譜了。」

良彥抓住華麗微笑的大國主神的肩膀。他很感激大國主神的友好，但他們之間頂多是互相幫忙，他可從來沒被照顧過。別對月讀命灌輸捏造的記憶行不行？

「別說這些啦。坐了這麼久的車，肚子餓了吧？餐點已經準備好囉。」

大國主神對良彥的話語充耳不聞，輕快地拿開肩膀上的手，指向車站大廳。

「餐點？」

良彥訝異地皺起眉頭，大國主神笑容滿面地說道：

「有位女神想見良彥一面。」

說著，大國主神向良彥他們招了招手，邁開腳步。

車站大廳裡有個區塊設有桌椅，供人歇息，在這個區塊的一角，放著一個活像要去野餐的大籃子，旁邊站著一名女性。祂擁有豐腴的臉頰及討人喜歡的雙眼，正對眾人友善地微笑；雖然外貌看起來已屆中年，但肌膚依然光滑美麗，穿著柔軟的淡桃紅色和服，頭髮盤起，乍看之下宛若旅館的女老闆。

「我在這兒恭候多時了，月讀命老爺，差使公子。」

「啊，早、早安。」

良彥原以為是須勢理毘賣，誰知向自己打招呼的居然是一尊素未謀面的女神，不禁慌張失措地低頭致意。

「祂說祂一口氣做得太多，你們盡量吃吧。」

大國主神立即打開籃子，展示內容物。只見籃子裡放滿夾著各色蔬菜、肉、魚的三明治與切好的水果。

「看起來好好吃……不是，祂、祂是哪位？」

良彥悄悄詢問大國主神，心思逐漸被眼前的食物擄獲。那位女神該不會是大國主神的情婦之一吧？

「咦？你還猜不出來？」

大國主神拿起一個三明治，把視線轉向女神。見狀，女神正襟肅容地說道：

「我常聽大國主神提起差使公子，早就想拜會您。」

「咦？我……？」

良彥猜不出祂是誰，歪頭納悶。

眼前的女神屈下身子，淘氣地笑了。

「用我的小麥做成的磅蛋糕，滋味如何？」

這句話的破壞力足以讓良彥啞然失聲。

那個夏日的情景猶如走馬燈般在腦海中轉動。

「大……大氣都比賣神？」

從體內生出食物的御饌之神露出滿面笑容，點頭稱是。

同時，竄過指尖的鈍痛，讓月讀命的臉龐暗自蒙上一層陰霾。

⛩

「你的手頭明明不寬裕，還陪月讀命大老遠地跑來這裡，鐵定和差事有關吧？」

大氣都比賣神準備的早餐十分美味，無可挑剔；因此良彥刻意不問材料出處，專心填飽長途旅程後的轆轆飢腸。飯後，又立刻送上熱呼呼的咖啡，教良彥險些忘記來出雲的目的。

「反正祢已經知道了吧？」

良彥把視線轉向大國主神，只見祂正在把玩飯後蘋果附上的叉子。祂刻意在車站等人，鐵定已經知道個中原委。

「是啊。精靈之間風傳你在尋找月讀命的荒魂，沒錯吧？」

「正確無誤。」

大氣都比賣神就像女服務生一樣勤快地服務眾人，逐一收拾空餐盤及用過的濕巾。大國主神把叉子遞給祂，在桌上拄著臉頰。

「你都特地來到出雲，如果有我使得上力的地方，我可以幫忙。啊，當然，我不會越俎代庖的。」

面對這個意料之外的提議，良彥轉頭望著坐在身旁的月讀命。不會飢餓的祂只要了杯飲料，但是連一半都沒喝完。

「這都是，多虧良彥的，好人緣。」

月讀命用白銀色的眼眸凝視著良彥。良彥將祂的反應視為同意，再度轉向大國主神。在這個關頭，情報越多越好。

「……祢們聽說過任何關於月讀命荒魂的消息嗎？」

仔細想想，那只是須佐之男命的一面之詞，沒有任何客觀的證據。

「我只聽說荒魂失落了……」

大氣都比賣神微微歪頭，一臉詫異地望向大國主神，徵求祂的贊同。

「我也只聽說過荒魂失落的事。」

大國主神依然拄著臉頰，從帽兜底下望著良彥。

「……那麼……荒魂的下落，或是現在的狀態之類的呢……？」

大氣都比賣神越發訝異地皺起眉頭。看祂的反應，似乎真的一無所知。良彥遲疑著是否該據實以告，月讀命望著他說道：

「良彥，告訴，這兩尊神，也無妨。」

「月讀命……」

那不是什麼光榮的往事。月讀命代替依然難以啟齒的良彥說道：

「我的荒魂，似乎是被，覬覦夜之國的，舍弟吞食了。」

聽到這番彷彿事不關己的告白，大國主神默默地皺起眉頭。

「……不會吧！這是真的嗎？」

大氣都比賣神瞪大眼睛，待祂逐漸理解語意之後，不禁用手掩住嘴巴。

「這是須佐之男命本神說的，月讀命自己完全不記得，也沒有任何紀錄，所以老實說，沒有可以確認的方法。不過，祂失去荒魂是千真萬確的事。」

良彥望著依然冒著熱氣的咖啡杯。這是個令人不舒服的話題。神明吞食神明的魂魄，等於是噬神，而且對方還是親生弟弟。

「舍弟似乎，跟我說過，好幾次……祢們聽過，這類說法嗎？」

失去色素的銀色眼眸望向兩神。

「……我沒聽過，這是頭一次聽說。」

大國主神垂下若有所思的雙眼，看著桌面。

「我也沒有……就連謠言都沒聽說過……不過……」

「不過？」

良彥催促欲言又止的大氣都比賣神說下去。

大氣都比賣神如同祈禱般雙手交握，繼續說道：

「……不過，我並不意外。當著月讀命老爺的面說這種話，或許不妥……但須佐之男命老爺確實有可能做出這種事。」

「有可能做出這種事？」

良彥反問，大氣都比賣神微微地點頭。大國主神接過話頭說：

「祂就曾經被須佐之男命斬殺過。」

這句話直接了當地落在越來越嘈雜的車站大廳裡。拉著行李箱的觀光客和身穿制服的學生，在良彥他們的座位前錯身而過。

「當時雖然意識朦朧，但我還清清楚楚記得祂拿著染血寶劍的模樣……」

大氣都比賣神憶起當時，垂下了眼睛。

「……這樣啊。是啊……」

良彥想起大國主神說過的故事。這件事在《古事記》裡也有記載。看見大氣都比賣神從嘴巴和屁股生出食物，須佐之男命認為祂玷汙了御饌，一怒之下便殺了祂。

「舍弟，做了這種事……」

月讀命微微皺起眉頭，轉向大氣都比賣神。

「對不起……」

「請別放在心上，都已經是陳年往事了。」

見月讀命低頭致歉，大氣都比賣神連忙搖頭。根據孝太郎的說法，在《日本書紀》中，斬殺大氣都比賣神的是月讀命，不過照這麼看來，實際上動手的果然是須佐之男命。

「說到須佐之男命的惡行，我也受過不少罪。但現在翻舊帳也沒意義，就別提了。」

大國主神聳了聳肩，身體倚向椅背。

「三貴子的老么是大家公認的神界第一火爆貴神，我和大氣都比賣神就是最有力的證人。良彥，你最好離祂遠一點。」

大國主神用曉以大義的語氣說道，祂的雙眼閃耀著前所未見的色彩，良彥不禁眨了眨眼。

「……話說回來，因為這個緣故，我才有機會結識大國主神。現在仔細想想，倒也不是那麼不堪的回憶。」

大氣都比賣神為了緩和氣氛，刻意露出笑容如此打趣。然而，祂隨即又微微歪起頭。

「怎麼了？」

良彥詢問，大氣都比賣神搖了搖頭，表示沒事。

「我覺得好像快想起什麼，可是又忘了。這陣子記性很差，真糟糕。」

大氣都比賣神用與凡人如出一轍的口吻說道，與良彥相視苦笑。

「我以為，舍弟的事，我全都記得，原來我，其實也，遺忘不少……」

月讀命摩擦雙手，彷彿在抵禦寒意。

「在高天原，發生的事，我也……」

話沒有說完，月讀命便閉上眼睛。祂的雙頰看起來比平時更為蒼白，在胸前緊握的雙手微微顫抖著。

「祢不要緊吧？」

離開神社，果然對祂有影響嗎？良彥問道，月讀命微微地點了點頭。

「沒問題……」

「不如找個地方讓祢休息一下吧？」

一臉擔心的大氣都比賣神繞到月讀命身後，輕撫祂的背部。

「不，我不想休息，只想快點，見舍弟一面。」

月讀命緩緩地抬起眼瞼，如此說道。聞言，大國主神望向良彥。

「……你要去找須佐之男命嗎？」

「嗯，有這個打算。無論如何，我都要取回月讀命的荒魂。」

這是身為差使的他接下的差事。

「……有勝算嗎？」

大國主神用莫名冷靜的眼神望著良彥問道。良彥有些語塞。

「……老實說，須佐之男命已經當面跟我挑明說拿不回來了。不過，我還是無法死心，想再找祂問個清楚……」

「……是嗎？」大國主神只答了這麼一句，略微思索過後，突然站起來。「須佐之男命的根據地可以從這裡搭巴士前往。」

面對那雙對自己微笑的眼眸，良彥不疑有他。

「我陪你一起去吧。」

大國主神輕快地說道，良彥毫不遲疑地點頭。

要點

神明講座 2

《日本書紀》中的須佐之男命植樹，是什麼樣的故事？

根據《日本書紀》第五書所載，須佐之男命拔下自己的鬍鬚，將之變成杉樹；拔下胸毛，將之變成檜樹；拔下肛毛，將之變成扁柏；拔下眉毛，將之變成樟樹。祂規定杉樹和樟樹用來造船，檜樹用來建造神社寺院，扁柏用來造棺，由祂的兒女播下了大量種子。現在，杉樹與樟樹依然常用來建造木船，佛寺與神社偏好使用檜木，從古墳也挖掘出不少以扁柏製造的棺木。打從古時候，就懂得配合用途挑選木材呢。

播種的兒女是五十猛命、
大屋津姬命與抓津姬命三神，
現在仍被奉祀於和歌山的
伊太祁曾神社裡。

三尊　謊言與罪行

一

天底下竟有如此絕望之事？

月讀命已經分不清嘴角是因為憤怒還是悲傷而微微顫抖，只感覺到全身上下的血液幾乎為之逆流的衝動從腹部底下冒上來。因為嘶吼過度而沙啞的喉嚨，仍在發出無聲的咆哮。

「想迎回妻女？事到如今，祢還在說什麼？」

雖然在弟弟的協助下順利進入高天原，但是尚未見到姊姊大日孁女神，就被環繞在祂身邊的信奉者逮個正著。戴著猿、鳥等面具的祂們，是遠在月讀命現世之前便已誕生的知名天津神。信奉者只是表面上的假象，其實祂們掌握了高天原的實權，將大日孁女神當成傀儡操縱。

「安排妻女遠走他鄉的，不就是月讀兄祢自己嗎？」

戴著鹿面具的神，語帶嘲笑地說道。月讀命察覺身旁弟弟的臉色黯淡下來，便更加大聲地說道：

「沒錯，但那是為了防止妻女遭受池魚之殃，是為了讓祢們明白我是獨自治理夜之國，沒有任何戰力，也沒有後盾！」

月讀命企圖竊據高天原的謠言，不知是幾時開始流傳的。起先，月讀命只覺得可笑，完全不當一回事；但後來情況越演越烈，天上只須一神的偏激思想蔓延於眾神之間。就在月讀命盤算著該與姊姊好好談一談的時候，祂察覺有股勢力正企圖扳倒自己。對於攝政高天原的祂們而言，身為大日孁女神的弟弟且聰穎過人的月讀命，同樣是眼中釘。

再這樣下去，或許連心愛的家人也會受害。

如此暗忖的月讀命安排妻女遠走他鄉，遠離居住的宮殿。祂有自信能從天上保佑妻女。然而，獨自一神度過的日子，帶給月讀命超乎想像的寂寞與痛苦。祂既不能向溫柔的妻子吐苦水，也不能從孩子的可愛笑容尋求慰藉。祂曾想過對姊姊說出一切，但高天原戒備森嚴，莫說要進入，連要通報住在最深處宮殿的姊姊都辦不到。

「姊姊一定不知情。」

月讀命唯一可以商量的對象，便是弟弟須佐之男命。

「倘若知情，絕不會放任祂們胡作非為。」

近來，大日靈女神被當成一塊名為伊耶那岐神之女的活招牌。祂在隔絕外界的地方生活，想必對一切一無所知。

「兄長，事到如此，我們去找父親商量吧，祂們實在太過分了。」

「不，賢弟，不能這麼做。如果連這點小事都無法解決，父親會對我失望的。」

只要繼續忍耐，其他人見狀，一定會轉達真相——月讀命如此相信而忍耐許久。久而久之，祂身心俱疲，不再注重儀容，感應妻女的存在成為祂唯一的寄託。

然而，從某個時刻開始，祂再也感應不到妻女了。

任憑祂如何從雲層間定睛凝視、豎耳細聽，都無法捕捉妻女的存在。怎麼會感應不到自己的家人？祂難以置信，每天持續尋找。

「我們從未如此要求，是爾自個兒要安排祂們離開。想接祂們回來就請便吧。」

信奉者們以袖子掩口，嗤嗤笑著。

「那我的嫌疑……」

「嫌疑？爾在說什麼？」

戴著猿面具的神故意裝傻，現場發出更大的嘲笑聲。

「須佐之男命，爾怎麼不阻止令兄呢？告訴祂即使來到這裡，祂的心願也不會達成。難道爾等以為我們會通報大日孁女神嗎？」

「這……」

須佐之男命緊握拳頭。

「我已厭煩了。大夥兒，走吧。」

戴著老翁面具的神說道，信奉者們邁開腳步，漣漪般的笑聲依然沒有退去。

「月讀命，妻女的事隨爾處置，想接祂們回來就請便吧……前提是爾找得到祂們。」

聽了戴著老翁面具的神所說的話，月讀命皺起眉頭。

刺耳的竊笑聲。

「兄長……」

「這句話是什麼意思？」

月讀命不顧出聲制止的須佐之男命，如此詢問。

「祂該早點去接妻女回來的。」

「這是祂的決定，我們不該說三道四。」

「或許是腦袋疲累過度，沒想到這一點吧。」

「說歸說，總不可能完全沒察覺啊？」

信奉者們並未停步，繼續竊竊私語。

「月讀命，爾忘了自己安排妻女逃往何方嗎？為了讓祂們混入凡人間，爾是將祂們以凡人之身下放凡間的，不是嗎？」

戴著老翁面具的神感嘆地聳了聳肩。

「爾該不會以為凡人和神明一樣沒有壽命吧？」

毛骨悚然的恐懼感從腳邊悄悄爬上來。

「爾的妻女早就已經死了。」

——天底下竟有如此絕望之事？

⛩

良彥和兩尊男神一起在車站前搭上巡迴巴士。距離終點站約有四十分鐘的車程，從終點站再搭五分鐘的車，即可抵達須佐之男命當作根據地的神社。現在正值通學時間，路上有幾個小學生在家長的目送下坐上巴士。這輛巴士似乎也兼作校車的樣子。良彥望著他們，對坐在最後排座位上的大國主神說明事情的來龍去脈。

「祂都跟你挑明是白費功夫了，你居然還想去找他，我真是佩服你的精神力。」

大國主神換邊蹺起腳，無奈地嘆了口氣。

「祢想想，吞食哥哥的荒魂可是大事耶！一定有什麼原因導致祂這麼做。只要能夠解決這一點，或許荒魂就會回來了。」

「你向其他神明打聽過荒魂的消息嗎？」

「沒有，這件事不適合四處宣揚。再說，這畢竟是差事，靠凡人的力量解決才是正理。」

良彥模仿黃金的口吻。這麼一提，不知祂現在在做什麼？

「說要幫忙的某尊神明才是異類吧？」

「差使對決岳父這場好戲，我怎麼能夠錯過呢？」

「這才是祢的真心話？」

「我會幫你打圓場的。」

巴士在小學前停靠之後，便從市區駛進狹窄的山路，前往郊外。道路旁即是深谷，被指定為天然紀念物的奇石連綿不絕，不可思議的光景拓展於車窗外。灰濛濛的雲逐漸覆蓋天空，隨時可能化為雪花飄落。

「……大國主神。」

月讀命用戴著手套的手擦拭起霧的窗戶，突然呼喚坐在良彥身旁的男神。

「在爾看來，須佐之男命，是什麼樣的，神明？」

大國主神不知該如何回答，沉默下來。

「果然如剛才，所說的一般，是一尊，該敬而遠之的，暴躁貴神嗎？」

面對月讀命的接連發問，大國主神一反常態地揀選言詞，轉動視線。

「……至少在我看來是這樣。」

這是個直率的答案，但是聽起來也像是拒絕多談。

「越是聽聞，舍弟的，所作所為，我就越不明白，祂究竟，在想什麼。」

月讀命對於弟弟的評價向來是溫柔細心，這是祂頭一次說出這樣的話。

「什麼是真，什麼是假……吞食荒魂，之事，究竟是不是，事實……」

對於記憶無法保留的祂而言，弟弟是唯一的路標，如今這個路標卻應聲崩塌了。一股難以言喻的不安竄過良彥的心頭。帶月讀命前來出雲真的妥當嗎？有另一個自己如此詢問他。

「……只能問祂本神了。」

巴士毫不膽怯地在狹窄蜿蜒的道路上前進。

「就算祂不肯老實回答……或許也可以找到一些蛛絲馬跡。」

良彥宛若要驅散心中的迷霧，如此說道。

至於大國主神則是欲言又止，暗自嘆一口氣。

一行人在終點站下了巴士，徒步前往神社。雖然巴士司機說搭乘計程車很快就能抵達，但是對於阮囊羞澀的良彥而言，既然走路能到，就沒有其他選項。村落沿著河川的支流分布，直逼山地。天空飄下雪花，但稻田與農田之間的小路依然閑靜。一行人配合走不快的月讀命，呼著白色氣息，步行約四十分鐘。抵達神社之後，良彥總算明白一路上的異樣感從何而來。

「我還以為須佐之男命的根據地會是多麼驚人的地方……」

那是一座悄然融入村落之中的小神社，既沒有紅漆鳥居和莊嚴的隨神門，也沒有雕梁畫棟的建築物，只有原木拜殿和深處的大社造（註1）本殿。神社境內雖然寬敞，但沒有鋪碎石子，

註1：神社本殿建築樣式的一種。

而是維持沙地的原貌。從空中飄落的雪花停留片刻後，便緩緩消失在地面中。

「……有點意外……」

同樣是奉祀須佐之男命，良彥知道好幾座比這裡豪華許多的神社。然而，這裡沒有池塘，也沒有修葺有加的庭園，樸素得不似那尊擁有豪放傳說的須佐之男命所有。

「差使兄，對於我們，神明而言，凡間的，莊嚴建築，原本就非，必要之物。當然，凡人建造，神社時的，真心誠意，會成為我們，的力量，但若是，無人祈禱，神明的力量，依然會，慢慢衰退。」

聞言，良彥憶起須佐之男命的樣貌。祂那強壯的筋骨和充滿自信的存在感，遠遠超乎過去所見的任何神明。

「這裡充滿了，愛戴，須佐之男命的，凡人心意。」

月讀命仰望著下雪的天空，良彥也循著祂的視線抬起頭來。他越來越不明白將自己的名字賜給這片土地的須佐之男命這尊神了。

「……沒想到你竟會找上門來。」

當良彥從天空移回視線時，不知幾時間，須佐之男命已經出現在本殿旁。

「我已經說過很多次，這麼做只是白費功夫！」

須佐之男命毫不掩飾焦躁之色，一股電流般的麻痺感透過祂腳下的地面傳到良彥腳邊。

「而且不光是兄長，居然連大國主神也帶來了。」

猶如雷鳴的聲音撼動空氣，乘著暴風襲向良彥。

「以為人多勢眾就能取勝嗎！」

良彥屈下身子，用右手擋住臉以免被吹走。落葉和小石子毫不容情地敲打身體。

「是我，說要來的。」

月讀命走上前，護著被壓制的良彥。

「差使兄，拗不過我，才讓我跟來的。」

「兄長……」

須佐之男命碰了一鼻子灰，滿腔的激昂無處宣洩，吹襲良彥的暴風也在瞬間消散，恢復寧靜。

「兄長，如今祢只剩和魂，一旦離開神社，就連我也難以追蹤祢的行跡。為何做出這麼魯莽的事！」

「縱使魯莽，我也必須，見祢一面。」

白銀男神筆直地凝視著弟弟。須佐之男命不明白祂的視線有何含意，似乎有些困惑。

「啊，不必管我，我只是陪他們來而已，畢竟月讀命的狀況不太好。」

位於良彥斜後方的大國主神說道。聞言，須佐之男命對女婿投以凌厲的視線。

「用不著瞪我，我不會礙事的。」

良彥看不見此時大國主神是露出什麼表情。

「……對不起，我只是想問清楚荒魂的事……」

被月讀命護在身後的良彥開口。

「如果有方法可以取回……」

「我說過了，沒有！」

須佐之男命打斷良彥，再次厲聲說道：

「兄長的荒魂已經被我吞食了！焉能取回！」

「那祢可以還給祂嗎？」

「你還不明白這是不可能的嗎！」

「其他重新創造的方法……」

「沒有！荒魂與和魂乃是神的根源，豈能輕易創造！」

須佐之男命一氣呵成地說出這番決絕的話語。

「我想奪取夜之國，為了不讓兄長礙事，所以吞食了祂的荒魂。現在憑什麼要我幫忙取回荒魂？」

須佐之男命的腳邊傳來沙粒摩擦聲，周圍的空間竄過一道道電光，彷彿在反映祂的焦慮。

「父親指派姊姊治理高天原，兄長治理夜之國，而我則是治理大海。我一直很不服氣，為何獨獨我分到那種大水池？教我又羨又妒！所以，我才想奪取警備不如高天原森嚴的兄長轄地，現在的情況就是結果。要說幾次，你那顆小腦袋才能理解！」

須佐之男命粗壯的手指指著良彥的額頭，光是風壓便造成猶如石礫砸中般的衝擊，良彥頓時眼前發黑，眼皮底下火花四散。大國主神從後支撐踉蹌數步的他，用冷靜的口吻告知：

「良彥，『再次創造荒魂』真的是不可能的事。這等於是讓一尊神明重生……我們並非如此萬能。」

「大國主神……」

「須佐之男命的說法雖然蠻橫，卻合乎情理。你不覺得繼續爭論下去只是浪費時間嗎？」

良彥重新站穩，喉嚨深處唔了一聲。連大國主神都這麼說，他只能妥協了嗎？

「可是……可是……」

良彥緊握拳頭。月讀命摩擦發疼的雙手，用失去色素的眼眸仰望天空的身影閃過腦海。

「這樣實在太殘酷了……」

夾在光芒四射的姊姊和性情暴躁的弟弟之間，月讀命的紀錄與記憶逐漸淡去，祂只能這樣度過漫長的時光嗎？被畏懼須佐之男命的眾神敬而遠之，沒有朋友，無人支持，孤單無依。

連回憶都從祂的心頭一點一滴流失。

「祂一定很痛苦！」

不知何故，大國主神聞言露出受傷的表情。

良彥甩開大國主神抓著自己肩膀的手，回過頭來。

「為什麼其他神明都視而不見！為什麼沒人譴責奪走哥哥荒魂的須佐之男命！神明都是這麼冷酷無情嗎！」

「冷靜下來，良彥。月讀命的荒魂被須佐之男命吞食的事，眾神並不知道。就連我也是剛剛才得知。」

大國主神輕拍良彥揪住祂胸口的手，溫言勸諫。

「奪走夜之國也是大事吧！難道沒人察覺？」

「……只要宣稱哥哥病重，自己代行其職，倒也沒什麼好懷疑的。」

一瞬間，大國主神的眼神似乎飄移了。但在良彥繼續追問前，月讀命先一步開口說：

「賢弟，我也有話，想問祢。」

須佐之男命的背部微微一震，將視線轉向哥哥。

「是關於，荒魂在身時，的我。」

「兄長……」

「我是，怎麼生活？怎麼說話？怎麼笑的？」

須佐之男命靜靜地倒抽一口氣。月讀命把視線移向自己的雙手，輕輕地握住拳頭。

「我連，自己的手腳，為何發疼，都不明白……」

「因為祢病了！」

須佐之男命迅速用自己的手包覆月讀命的雙手，彷彿欲封住祂的動作。

「兄長是因為失去荒魂而染上疾病！所以手才會發疼！」

「也不記得，上次，拿下手套，是什麼時候。」

「祢只是忘記而已，無可奈何。」

「我既不是，老翁模樣，也不像祢那般，充滿力量。」

「犯不著為了這種事耿耿於懷。」

須佐之男命就著月讀命的話語逐一勸解，從祂身上，良彥感覺到一股前所未有的焦慮，不禁放開揪著大國主神胸口的手，皺起眉頭。須佐之男命在著急什麼？
「賢弟。」
月讀命柔和地抽出自己的右手，觸摸弟弟的臉頰。
「為何祢有，烏黑漂亮，的長鬚，我卻沒有？」
銀色的雙眸捕捉了眼前的弟弟，變色的雙眼正是失去荒魂的象徵。須佐之男命凝視著這雙眼睛，流露明顯的動搖之色，半開的口說不出半句話，嘴唇不住顫抖。
「……何必在意這種事？」
隔一會兒，須佐之男命勉強從喉嚨中擠出這句話。
「月讀命，清點自己缺乏的事物無濟於事。」
大國主神用比平時強烈的語氣說道。響亮又柔韌的聲音，讓手足無措的須佐之男命恢復眼中的光彩。
「請珍惜現在擁有的事物吧。」
聞言，須佐之男命凝視著大國主神，祂的訝異之情甚至更勝於月讀命。
「良彥，回去吧，請大神重新分派尋找荒魂以外的差事就行了。」
大國主神強硬地拉起良彥的手臂。然而，祂們的聲音聽在良彥的耳裡顯得十分遙遠。良彥回溯記憶，喃喃說道：

「手腳和鬍子……」

先前良彥完全沒有聯想到，是月讀命的這番話刺激了他的腦袋。他似乎在《古事記》看過同樣的關鍵字。

「我記得那是須佐之男命大鬧高天原的懲罰……」

說著，良彥自個兒也覺得不對勁，歪頭納悶。

沒錯，受罰的應該是須佐之男命才對。

「良彥，別說了。」

大國主神加強抓住他手臂的力道。

「這不是你該追究的事。」

良彥抬起頭來，眼前是大國主神那雙熟悉的眼眸。不知幾時間變大的雪掠過了睫毛。

「追究是什麼意思？」

詢問的聲音嘶啞，一口氣湧上心頭的感情伴隨著一抹悲傷流遍全身。

「良彥……」

良彥打斷大國主神，甩開被祂抓住的手臂。

「祢……知道什麼嗎……？」

大國主神倒抽一口氣。今早見面以後，祂的一言一行快速閃過良彥的腦海。周到的出迎，直接了當的協助提議。

還有深信不疑的自己。

「差使兄。」

月讀命的聲音打破良彥和大國主神間猜疑的氛圍。

「舍弟，受了什麼，懲罰？」

「兄長！這些事祢不必知道！」

須佐之男命插嘴說道，但月讀命的視線並未從良彥身上移開，再次詢問：

「受了什麼，懲罰？」

祂的語氣十分堅定，彷彿有一股無形的力量在背後驅策良彥。

在這股無可抵抗的強大力量引導下，良彥發出了聲音。

「……須佐之男命流放凡間時——」

「良彥！」

「住口，差使！」

大國主神開口制止，須佐之男命則是用殺氣騰騰的眼神瞥了良彥一眼，但良彥並未理會，仍繼續說下去。盯著他不放的白銀眼眸催促他這麼做。

「——被拔去了……」

須佐之男命大聲呼喝，但良彥的喉嚨精確地說出下一句話。

「象徵生命的手腳指甲，剪掉了鬍鬚。」

彷彿空氣凝結又碎裂一般，出現一瞬間的空白。

「……拔去，指甲……剪掉，鬍鬚……」

月讀命用毫無抑揚頓挫的聲音複述，凝視著自己的雙手。白銀的雙眸漸漸動搖，呼吸紊亂，手指僵硬。

失去的記憶片段，剎那間將雙手染滿鮮血。

「……啊……啊啊——啊啊啊啊啊啊啊！」

劃裂喉嚨的咆哮聲。

「兄長！」

月讀命並未回應須佐之男命的呼喚，祂縮起身子，雙手因為劇烈的痛楚而微微顫抖，翻起的袖子底下露出的白色手臂和太陽穴浮現青色血管。不久，祂雙手上的黑色手套變為黏稠的液體，從指間流到地面上。腳上的白襪也同樣融化滑落。

「……這是……」

月讀命看著露出的雙手雙腳，歪起臉頰，露出冷笑。

「這是……怎麼……回事……」

祂的手腳沒有指甲，紅腫潰爛的皮肉直接外露。不斷飄落的沉重雪花觸及手腳之後，便如同淚水一般滲透融化。

月讀命凝視著青筋浮現的雙手，呼吸越發急促。雙腳使不上力的祂，搖搖晃晃地將沒有指甲的雙手烙印眼底，看起來活像在跳著拙劣不堪的舞蹈。

「……為什麼……」

面對眼前的光景，良彥呆愣地喃喃自語。

「為什麼月讀命的指甲會……」

受罰的不是須佐之男命嗎？

「是嗎……原來是，這麼回事……」

一陣笑意逐漸湧上，月讀命僵硬地抖動肩膀，模樣好似發條動力即將用盡的可悲人偶。

「多麼，滑稽啊！」

「等等，兄長！」

月讀命似乎完全沒聽見弟弟的聲音，仰天長笑。祂的步履蹣跚，淚水滑落臉頰。

「原來，受罰的，是我……換句話說，在高天原，大鬧的，不是弟弟，而是我！」

月讀命對天高舉烙印在身上的證據。

「我卻，一直被，蒙在鼓裡，遭軟禁起來……」

「兄長！不是！不是的！」

「祢倒說說看，哪裡不是！」

月讀命叫道，掩蓋了須佐之男命的聲音。祂的雙眼蘊含著從平素溫和的祂難以想像的妖異光芒，貫穿了弟弟。

「祢是在，憐憫我嗎？還是在，嘲笑我？嘲笑什麼，也不記得的我！」

「兄長！請聽我說！」

「好啊！我這就聽，讓我好好聽聽！」

月讀命伸出沒有指甲的雙手，帶著近似發狂的笑容問道：

「為何我會，大鬧高天原？」

須佐之男命瞪大眼睛，倒抽一口氣。唯有此時，強悍的男神才露出弟弟的面孔凝視著哥哥。

「是什麼，驅使我，這麼做？」

月讀命逼近默不作聲的弟弟，全力宣洩所有焦慮。身上有罪行的痕跡，卻獨缺記憶，這個狀況帶給祂幾欲發狂的恐懼。

「兄長……」

須佐之男命的喉嚨深處發出呻吟。月讀命凝視那雙深邃的碧眼，腦海突然閃過某人的臉。

「……是誰？」

祂用顫抖的手搗著腦袋，詢問日漸凋零的記憶。

「……妳是誰？」

金色長髮，純潔無瑕的眼眸，天真無邪的稚嫩笑容，牽著的小手。這幅畫面在一瞬間浮現，又被吸入黑暗中，消失無蹤。

「兄長！兄長沒有錯，沒有被怪罪的道理！」

須佐之男命一臉悲痛地呼喚呆若木雞的月讀命。

「請相信我！即使必須與數億人為敵，我仍會與兄長站在同一陣線！」

哥哥緩緩轉動腦袋，捕捉了弟弟的雙眼視線，比融化在臉頰上的雪更為冰冷。

「……沒有錯？那我，為何受罰？」

欲哭無淚的雙眼已然放棄希望。

「相信，祢……？對我，隱瞞真相的祢，還敢這麼說？」

絕望竄過歪斜的嘴唇。

「夠了！要我，相信什麼！要我，相信誰！反正，都會忘記！」

月讀命推開走向祂的須佐之男命，以雙手摀住臉龐。沒有指甲的指尖滲出鮮血。

「到了明天，我又會，忘記今天的事，對祢微笑……再怎麼受騙，都渾然不覺的我，還能，寄託什麼……」

須佐之男命伸出手，但終究未能觸碰哥哥，只能黯然握住拳頭。

「這是，何等的，恥辱！何等的，空虛！」

聽聞這道從喉嚨深處擠出的呻吟，大國主神皺起臉龐，撇開視線。良彥只能愣在原地，凝視著白銀男神。

「我再也，不相信，任何人了……包括，我自己！」

白銀之神凝視著自己的手掌，痛苦地閉上眼睛。

「現在的我，還有，存在的意義嗎……」

最後，月讀命如此喃喃自語，隨即竟突然被耀眼的光芒包圍。

「兄長！等等！」

連須佐之男命的呼喚也被這道光芒吞沒。

不久，光芒褪去，月讀命已消失無蹤，泛白的地面上躺著一塊銀粉點綴的湛藍勾玉。

雪還在下。

無聲地下著。

⛩

究竟發生了什麼事，大日孁女神毫無頭緒。

當祂察覺侵蝕高天原的巨大憤怒與絕望時，已經被帶出宮殿，藏匿在天安河原附近的洞窟裡。

「思金神！」

連入口都被岩石堵住，大日霎女神只能在黑暗中呼喊。泥土、水的氣味與濕氣一同纏繞全身。

「快解釋！為何我必須躲在這裡！」

在洞窟內迴盪的聲音彈回自己身上。無論如何捶打，冰冷的岩石仍文風不動。大日霎女神感覺到不安與焦慮逐漸逼近。完全阻絕光線的此地，同時也阻絕了祂身為太陽神的使命。無論是高天原或凡間，沒有陽光便會徹底荒蕪。

「思金神！快回答！」

不容分說地將自己帶來此地的，是高御產巢日神之子思金神。祂是一尊頭腦清晰又聰穎過人的神，同樣被那些老神打壓，無法發揮長才。對於立場相同的大日霎女神而言，是令祂感到格外親近的神明。

——然而，或許這只是自己的一廂情願。

「……我可是伊耶那岐神的女兒……高天原的首領……」

插在頭髮上的珠飾，在黑暗中發出空虛的聲響。

大日霎女神握住拳頭，緊咬嘴唇，幾乎要滲出血來。

「……思金神……原來祢也和面具黨勾結……？」

身體內側強烈乾涸，彷彿像沙子那樣自腳底崩塌。取代眼淚擠出的聲音參雜血腥味。

到頭來，沒有一尊神是支持自己的。

原來自己只是名為首領的傀儡？

「——請別說笑。」

思金神的聲音從岩石彼端清晰地傳來。

「倘若我和面具黨勾結，早就取代祢了。」

這番駭人聽聞的話語中夾雜著自嘲的笑意。祂確實擁有這等本領。

「我去查明這場騷動的起因，請在這裡等候。」

「帶我一起去！」

「不行。」

「為什麼！」

「因為祢是首領。」

答覆立即傳來，女神不禁屏住呼吸。

「……現在逐漸瀰漫高天原的毒氣，連祢都能毫不容情地殺害。倘若首領不在，誰來治理高天原？難道祢又想把大權全部交給那些陰森森的老神嗎？」

從故作平靜的聲音中可隱約感受到熱度。隔著厚重的岩門，大日孁女神似乎看見祂的背影。

「祢關在裡頭，高天原和凡間都會被黑暗包圍。」

祂凝視著同樣漆黑的虛空。

「這樣正好適合套出真相，不是嗎？」

二

造訪畫廊的隔天是必須上學的日子，穗乃香比平時更早出門，在樓梯口換上室內鞋以後，她並未上樓，而是留在原地眺望到校的學生們。早上冷颼颼的，穿著大衣的學生口中同時吐出早晨的問候與白色的氣息。和同學一同前往教室的人，邊打鬧邊走進校門的男學生們，把書包放在鞋櫃前、前去晨練的運動社團成員。每天重複上演、理所當然的景色，如今看來就像是電影中的一幕。

昨天，穗乃香懇求畫廊的店主讓她觀賞手邊所有的羽田野畫作。每一幅畫都有滿月，不是新月，也不是弦月，而是柔和照耀大地的滿月。這代表什麼意義，穗乃香只能推測。更何況，穗乃香並不清楚羽田野與望之間的關係。

穗乃香在到校的學生之間發現一名個子高出一截的女學生，便離開了背部倚著的牆壁。獨自行走的望嘴巴埋在黑色圍巾裡，亮色髮尾隨著腳步彈跳。

「早、早安……」

穗乃香在對方走過自己面前時開口打招呼。望的視線移到穗乃香身上，露出明顯的驚訝之情。對於她的反應，穗乃香自個兒也感到困惑。

「……啊，呃……我……」

是自己的招呼打得太突然了嗎？或許該等視線對上之後再開口。後悔湧上心頭，穗乃香的視線自然而然地往下垂落。

「早安。」

然而，這道清晰的聲音讓穗乃香抬起頭來。

「天氣這麼冷，妳在這裡幹什麼？」

望從頭到腳打量著愣在原地的穗乃香，露出苦笑。

「妳的臉頰都變紅了。」

「咦？啊……」

經她如此一說，穗乃香感覺到自己的臉頰變得更紅了。她只顧著找時機向望打招呼，壓根兒沒注意到寒意。

「……我、我已經在這裡等了一陣子。」

穗乃香的聲音細若蚊蚋，幾乎快被樓梯口的喧囂聲淹沒。

「想說早安……」

「哦？等誰？」

望一面在鞋櫃前脫鞋，一面漫不經心地反問，隨即猛然醒悟地抬起頭來。

「……該不會是我吧？」

「……對、對不起……」

穗乃香尷尬地道歉，望啞然無語地凝視著她。在望的注視下，穗乃香連忙尋找言詞。

「有、有人說，我好像對其他人沒興趣……其實不是這樣子。可是看了我的態度，也難怪人家這麼想……所以……」

「所以才跟我打招呼？」

穗乃香深深地點頭，肯定望的話語。

「我覺得我必須主動表現出來……」

聞言，望目瞪口呆。一陣笑意隨即湧上，她抖動著肩膀，捧腹大笑。

「有、有那麼好笑嗎……？」

穗乃香困惑地看著手拿室內鞋蹲在地上的望。在樓梯口等人，果然太誇張了嗎？

「不，不好笑。」

笑意未消的望，好不容易才穿上室內鞋。

「換句話說，吉田穗乃香對我有興趣？」

「……可以這麼說。」

穗乃香把半張臉埋在水藍色圍巾裡。被這麼一說，她覺得十分難為情。望朝著教室邁開腳步，穗乃香也小跑步追上去。

「有個美少女當面說她對我有興趣，真是我的光榮啊。」

「不、不是的……」

「還來了美術室兩次。」

「那是……」

「甚至埋伏等待我，好熱情啊。」

「……」

穗乃香越來越無法辯解，最後終於閉上嘴巴。嚴格說來，穗乃香去了美術室三次，還專程跑去畫廊看畫，就因為那個畫家和望似乎有關係。一思及此，一股危險的氣息突然飄盪起來。

「……我是不是……跟蹤狂……？」

穗乃香戰戰兢兢地抬起頭，與望四目相交。只見望噗哧一聲，開始狂笑。

「咦？有、有那麼好笑嗎……？」

「這是沒有自覺的裝傻嗎？吉田穗乃香是天然呆？」

「呃……我、我不知道……」

面對意料之外的發展，穗乃香手足無措。這是頭一次有人問她是裝傻還是天然呆。看見她的反應，望停下腳步，用手抵著牆壁笑道：

「妳果然是個怪人。妳應該多展現這種有趣的一面。」

望擦掉因為笑過頭而滲出的眼淚，再度邁開腳步。一旁的穗乃香搜索著言詞說道：

「……我不知道什麼樣的我才有趣……換句話說，只要保持自然就好嗎？」

在書包上別著相同鑰匙圈的低年級生跑過兩人身邊，室內鞋和走廊地板摩擦，發出鳥叫般的啾啾聲響。

「我一直認為自己必須表現得普通一點……可是，其實我不知道怎麼樣才是『普通』，只是擺出知道的臉孔而已……有時候，我心中明明有千言萬語，卻裝出一點感想也沒有的樣子。」

話說出口，穗乃香發現她更能客觀地看待自己了。雖然有些部分並非出於她的本願，但大致上就是這樣。或許周圍的學生正是敏銳地感受到這股格格不入的感覺。

「我一直刻意隱藏，不想讓別人發現……這就是我的祕密。」

在早晨的喧鬧聲中做出的這番告白，令望不禁睜大眼睛。

「我就是想說這件事……因為只有我知道松下同學的祕密，實在過意不去……」

下定決心要說出自己的祕密後，穗乃香便迫不及待地在一大早付諸行動，但似乎有點操之過急了。

「……人不可貌相，沒想到吉田穗乃香這麼有行動力。」

望投以傻眼的視線，如此笑道。

「不過，我不討厭這樣的妳。」

從窗戶射入的晨曦，照亮熙熙攘攘的晨間走廊。

⛩

「我爸媽在我小時候離婚了。」

上完上午的課，簡單地解決午餐後，穗乃香來到望所在的美術室。

「這年頭，這樣的家庭很常見。雖然生在單親家庭吃了不少苦，但是我很感謝媽媽和外公、外婆……只不過，有一件事我一直不明白。」

望架起畫架，放上只畫好月亮的畫布。第五節課已經開始，校舍內出奇安靜。

「記得是從小學的時候開始，媽媽只要看見我畫畫就會哭。從前她明明都會稱讚我畫得很漂亮。」

穗乃香坐在教室裡的椅子上，宛若在聆聽某種神聖的話題般專注。

「問她為什麼哭，她也不肯說。我覺得與其讓她難過，不如別畫了，所以後來就不在家裡畫畫。」

說著，望俐落地將畫材一字排開。歪歪扭扭的管狀顏料，用來代替調色盤的攤平牛奶盒，形狀大小各有不同、使用已久的畫筆，裝水用的空果醬罐，以及滲著顏料的布。這個季節比較不易乾燥，所以她還準備了一台小吹風機。

「可是，我實在很好奇，就跑去問外婆為什麼媽媽看到我的畫就會哭。起先外婆一直跟我打哈哈，直到我上了國中以後，她臨死前才在醫院的病床上跟我說……媽媽是因為我的畫和爸爸的很像，所以才會哭。」

穗乃香不解其意，微微歪起頭。望察覺她的疑惑，繼續說明：

「我爸本來是在廣告公司工作，在我四歲的時候，他想再次挑戰夢想，就改行當畫家。當時正值養孩子需要用錢的時候，卻少了我爸的收入，光靠我媽兼差的薪水當然不夠用。外公擔心女兒和外孫女，硬是把我們帶回娘家。聽說離婚也是外公硬逼著爸媽離的。媽媽當時猶豫了很久，最後還是被外公說服，蓋下印章。她看見我的畫，似乎想起當時的事……想起不信任丈夫的自己。」

望大剌剌地坐在附近的桌子上，盤起手臂。她的視線投注在眼前的畫布上。

「之前，大人一直跟我說爸爸已經過世，聽了外婆的話，我才知道爸爸尚在人世，還有叫什麼名字……他叫羽田野唯司。」

從穗乃香的位置只看得見望的背影。她現在是用什麼表情說話、心中懷著什麼感情，穗乃香只能揣測。

「我去畫廊看過一次畫。他畫了很多風景畫，全都是夜晚，而且天空中一定有……湛藍色的滿月。」

望這番細若蚊蚋的話語，讓穗乃香想起昨天看到的羽田野的藍月。

「……我媽一直很後悔，可是她說不出口，也不敢去找我爸。我一再勸她去找爸爸，她卻說事情已經過去了。」

畫布上的女性。穗乃香之前一直以為她是在仰望月亮，如今卻突然從她的背影感受到拒絕之意。

「……松下同學，妳想見妳爸爸嗎？」

一直專心聆聽的穗乃香小聲問道。望略微思索，尋找言詞。

「要說想不想，大概是想吧。」

「大概？」

「我想，我應該是希望一家團圓。」

自信缺缺的答案受到質疑，望不禁微微苦笑。

模糊的幼時記憶中仍留有父親的聲音。

「……羽田野唯司為什麼只畫滿月呢……」

望喃喃說道。她雖然猜到答案，卻無法完全肯定。穗乃香不知該如何回答。要給人希望很容易，而且動聽的安慰話語總是很受用，不過，穗乃香覺得現在的望適合的應該是其他話語。

「……松下同學呢？」

穗乃香靜靜詢問無所事事地把玩管狀顏料的望。

「松下同學為什麼畫藍色的滿月？」

望並未立刻回答，而是再度望向畫布。

「妳現在不必說出口。」

穗乃香拿起畫筆，極為自然地遞給望。

「——畫吧，這樣更能表達妳的心聲。」

『當湛藍色的滿月升起時，便是再相聚之時。』

⛩

良彥自出雲歸來已經過了三天。即使鑽進被窩，他也睡不著。他連自己是怎麼回家的都記不清楚。昨天和今天他都有去打工，但只是機械性地進行身體早已記住的工作，同事的閒話家常全是左耳進、右耳出。

那一天，月讀命在自己的眼前化成勾玉。祂拒絕以神明之姿顯現於人世，將僅剩的和魂變換為物質。雖說事先不知情，但良彥為了月讀命四處奔走，換來的竟是揭發祂的過往，將祂逼上絕路。

「……這是怎麼回事？」

在月讀命消失無蹤，只剩下雪花不斷飄落的寧靜境內，良彥詢問兩神。

「大鬧高天原的……是月讀命？」

倘若《古事記》中記載的須佐之男命的罪行，其實是月讀命的所作所為，現代日本人所知的神話將會產生巨變。

「……祢早就知道了？」

大國主神一反常態，帶著壓抑情感的眼神，承受良彥的責難視線。

「所以我才叫你別追究啊。」

「這麼重大的事，為什麼不告訴我！」

「這件事絕大多數的神明都不知情，連須勢理和宗像三女神這些須佐之男命的親生兒女也一樣，我怎麼能夠隨便說出來？」

良彥倒抽一口氣。他似乎是頭一次看見大國主神的雙眼不帶任何笑意。

「……女婿。」

背對著良彥他們的須佐之男命緩緩屈膝，撿起雪花飄落其上的勾玉，開口說道：

「帶那個凡人離開吧。」

祂小心翼翼地拭去雪花，握緊勾玉。

「別再干涉我們兄弟倆。」

拒人於千里之外的言詞猶如迴盪於冰壁之間，冷冰冰地傳入良彥耳中。

「走吧。」

大國主神抓住良彥的手臂。運動鞋因為沙子而打滑。「我還——」良彥咕噥著，卻無法接著說下去。

「聽話，良彥。」

大國主神用介於斥責和懇求之間的語氣說道：

「不能再讓你承擔了。」

連眾神也不知情的沉重真相，突然壓到良彥的雙肩上，同時，他感受到一股體內深處正在淌血般的痛楚。然而，混亂的感情讓他無法找出痛楚的根源，只能任憑大國主神將自己拉離現場。

在飄雪的皓白景色中，始終背對著他們、未曾回頭的須佐之男命身影，深深地烙印在良彥眼底，揮之不去。

「……我該怎麼做才對……？」

良彥倚著臥房的床鋪，迷迷糊糊地仰望天花板。這種沒有答案的自問，他不知已經重複多少次。到頭來，自己遠赴出雲，不但未能完成差事，反而只以傷害兩神收場。

如今他已知道《古事記》中記載的須佐之男命罪行其實是月讀命犯下的，但他還沒有機會問明詳情就回來了。兩神之間過去發生了什麼事？為何《古事記》中描述成須佐之男命所為？還有，為何須佐之男命至今仍假裝是自己所為？不明白的事越來越多。

宣之言書上的月讀命神名，依然維持著濃重墨色，換句話說，大神要良彥繼續辦理這件差事。然而，差事神已經消失無蹤，接下來他該怎麼辦？該怎麼做？縱使要想辦法，但一想到自己的恣意妄為或許又會造成傷害，頓時便幹勁全失。從前辦理差事時，他總以為不放棄才是關鍵。即使乍看之下困難重重、即使看不見答案，他仍相信最後一定能夠解決問題，讓神明恢復元氣。如今，這樣的途徑竟如朽木般脆弱地坍塌。

「瞧你那副窩囊樣。」

熟悉的聲音突然介入良彥的思緒。良彥連忙轉過頭來，只見金色狐神就在窗邊。

「黃金！」

「我還以為你已經振作起來，沒想到仍是失魂落魄的樣子，看起來更像傻瓜。」

「黃金，祢跑去哪裡了！」

黃金跳到床舖上，啼笑皆非地搔了搔耳後。

「我愛去哪裡，是我的自由吧。」

「我這邊搞得焦頭爛額耶！」

「與我何干？誰教你要自討苦吃。」

許久不見，那雙黃綠色的眼眸依然帶著看透人心的色彩。良彥本想回嘴，卻又打住話頭，回望著祂的雙眼。

「……祢也知道事情會變成這樣……？」

前幾天，穗乃香聯絡良彥時，曾說黃金有話想對良彥說卻不能說，莫非指的就是尋找月讀命的荒魂會揭露祂的過去之事？

「所以我提議尋找荒魂的時候，祢才那麼反對……？」

黃金無動於衷，筆直地回望良彥。

「一切都是你的決定。」

祂的回答之中聽不出明確的感情，更加激怒良彥。

「既然祢知道，為什麼不更強硬地阻止我！事關三貴子的過去耶！」

良彥緊握拳頭。無處宣洩、沉積於胸中的話語倏地成形，脫口而出。

「那可是須佐之男命長久以來一直獨自守著的祕密！揭穿它，對月讀命真的有好處嗎？」

即使受到良彥譴責，黃金依然不為所動。

「說話啊！黃金！」

良彥朝著床鋪揮落拳頭，他知道自己的眼眶濕了。

他明白，其實他非常明白。

責備黃金一點道理也沒有，只是遷怒而已。

他不過是在找對象發洩無處宣洩的情感。

「……說話啊……」

良彥無力地吐出這句話，把臉埋在床上。真是差勁透了——他的腦袋一角如此冷靜地暗想。最近已經沒什麼感覺的右膝舊傷突然又開始發疼。到頭來，原來自己一點長進也沒有嗎？

「……那我反過來問你。」

隔一會兒，黃金啼笑皆非地說道：

「如果我事前就告訴你，辦理這件差事可能會揭露須佐之男命與月讀命的過去，你會怎麼做？」

面對黃金的問題，良彥垂著臉龐，開始思索。

「……當然是……想辦法換個安全的差事……」

「哦？你的意思是，就算月讀命永遠沒有荒魂也無妨？」

黃金繼續追問，良彥抬起頭來。

「我、我沒這麼說！」

「不然呢？」

黃金打破砂鍋問到底，良彥不禁唔了一聲。遺忘所有真相，聽從弟弟擺布，表面上看來，月讀命過得很空虛。要問這究竟是不是真正的幸福，良彥一時間答不上來。這樣的日子雖然虛假，但確實給予月讀命一時的安寧。

黃金瞥了無法回答的良彥一眼，短嘆一聲。

「月讀命的名字仍在宣之言書上，若是沒有蓋上差事完成的朱印，差使很可能被視為不履行差事。」

聞言，良彥皺起眉頭。

「不履行……？」

「即使是因為差事無法達成，差使的本領還是會受到質疑。」

黃金以冷靜的眼神告知：

「最壞的情況下，緒帶或許會斷裂，你要做好心理準備。」

聽到這番雪上加霜的宣告，良彥再也說不出話來。

三

要不要出去走走——穗乃香如此相邀，是在黃金回到良彥家的兩天後。

「其實我是想讓良彥先生看一幅畫……」

兩人約好中午過後在車站前見面。穗乃香帶良彥前往的是步行約十五分鐘可達的京都御苑。這個地方現在鋪上碎石子，種了許多樹，整頓得像座公園，但是在江戶時代以前，是以天皇居住的御所為中心，聚集約兩百戶王公貴族及朝廷官吏宅邸的公家町。要進入留存至今的御所等建築物需要許可，不過周邊的園區是二十四小時開放，供民眾休閒散步。良彥也曾經來這裡跑步鍛鍊，清晨及傍晚都可看見遛狗的民眾。

「但是展覽還沒開始，所以我只拿了傳單來。」

「傳單？」

良彥接過穗乃香遞來的紙張，攤開觀看。只見全彩的傳單上印著「全國學生美術展」字樣，展覽期間為二月上旬起。

「我的同學也要參展。雖然作品沒有得獎就不會被展示，不過她一定會得獎的。」

「真厲害。妳有信心？」

「嗯，有。」

比平時多話的穗乃香在良彥身旁熟門熟路地往前邁進。良彥再度觀看穗乃香給他的傳單後便將傳單折好，放進大衣口袋裡。穗乃香說話難得如此斬釘截鐵，想必很欣賞那幅畫和創作者。

「那個同學就是之前妳在電話裡提到的人？」

「對。她的畫很漂亮。」

「這樣啊……」

良彥透過樹枝的縫隙仰望天空。這裡的樹木全是人工種植的，其中一角是自然公園，也是能夠看見野生動物的寶貴場所。到了這個季節，大多樹木的葉子都掉光了，但是走進森林裡，仍教人幾乎忘記這裡是京都的鬧區。穗乃香望著良彥，微微一笑。

「心情低落的時候，我常來這裡，還有……植物園。」

「哦？有點意外。」

「因為我覺得被綠意包圍，就能夠打起精神。」

穿著灰色查斯特大衣的穗乃香重新披好滑落的水藍色圍巾。

「大主神社的後山不行嗎？」

要說綠意，那裡可是天然的。

面對良彥的問題，穗乃香略微思索過後搖了搖頭。

「不行。那裡熟人太多，反而靜不下心。」

良彥不禁笑了出來。這個理由確實符合自幼便能看見山上神靈的她。經她這麼一說，良彥多少也能明白這種心情。這應該是出於她不願讓人擔心的體貼。

「……太好了。」

看著笑意未消的良彥，穗乃香鬆一口氣喃喃說道。

「你終於笑了。」

這句話讓良彥回過神來。

「……我的表情有那麼黯淡嗎？」

「有點……」

穗乃香微微歪頭，撇開視線，邁步向前。看著她的背影，良彥心中萌生一股小小的罪惡感。為什麼先前一直沒發現？他咒罵遲鈍的自己。今天穗乃香約自己出遊，一反平時的沉默寡言拚命說話，帶自己來能夠打起精神的地方，全都是為了他。

「……妳聽黃金說的？」

良彥尚未告訴她月讀命的事。雖然辦理差事遇上困難時，良彥常找她商量，但這次的事良彥尚未理出頭緒，無法對別人說明。原以為和自己同一陣線的大國主神最後也撒手不管，帶來的打擊遠遠超乎良彥的想像。

穗乃香側過身子。

「祂沒告訴我詳情，只說你現在很沮喪。」

白色的氣息隨著她的含蓄笑容飄盪，隨即又消失無蹤。

「我能做的只有這些……不過，總比什麼也不做要好。」

御苑中的人不多，除了當成捷徑穿越的當地居民以外，只有幾個觀光客。再過一陣子賞花期到來以後，遊客的數量應該會大幅成長。

「我真是敵不過妳……」

良彥抓了抓頭，面露苦笑。

「妳成長得很快，越來越像個大人了。」

仔細想想，穗乃香是高中生，照理說是無法在星期一的午後和他相約見面，但良彥的腦袋迷迷糊糊，完全沒想到這一點。已經確定直升大學的穗乃香，現在可以自由選擇是否到校，從春天起她便是大學生，即將展開新的生活。

「……我真是太沒用……」

良彥停下腳步，再度仰望天空。

「也許是我自以為了解差使的使命……太過托大了吧……」

他接下的第一份差事，是讓方位神黃金吃抹茶聖代。雖然本神拒不接受，卻無法違抗大神，至今仍為了要求重新辦理差事而與良彥一起行動。之後，良彥與許多神明相識，替祂們完成差事，也漸漸培養出自信。

「……要是無法獲得月讀命的朱印，或許我就不能繼續當差使。到底要我怎麼辦啊？」

穗乃香不發一語地望著故意用說笑口吻說話的良彥。

祖父從前也是差使，所以良彥才同意接任，但無法否認的是，起初他覺得麻煩透頂。本來以為範圍僅限於關西，誰知竟然要遠赴九州和關東，交通費還得自己出。考量到自己的年齡，也該認真考慮重新找一份正職工作，卻突然要他替神明辦理差事，這樣的生活根本無法好好找工作。

「不過……或許這是個好機會。」

良彥半是嘆息地喃喃說道。

不當差使。

過去從未認真考慮過的可能性如今浮上檯面。

「……月讀命老爺的名字還沒從宣之言書上消失吧？」

良彥身旁的穗乃香靜靜地問道。

「嗯，不過，不知道什麼時候會消失……」

「既然這樣……」

穗乃香用平時少有的強烈語氣說道：

「既然這樣，就代表大神老爺還沒放棄。」

穗乃香筆直凝視著良彥。

「良彥先生卻先放棄了，行嗎？」

聞言，良彥心頭猛然一震。

「還是說你不想當差使了？」

穗乃香的問題毫不留情，反而照亮良彥心中的每個角落。

「我……」

良彥欲言又止。縮在內心角落鬧脾氣的感情抬起頭來。他知道裝作一無所知，用動聽的藉口粉飾太平，視而不見，是最輕鬆的做法。

繼續當差使，只是自討苦吃而已。

只會再次傷害別人，再次痛苦而已。

過普通的生活，就不用吃這些苦。

過普通的生活——

就不會聽見力量衰退的眾神，那些不成聲的聲音。

「……我想當差使。」

良彥知道自己的眼眶濕了。

話說出口，他才察覺自己心中有這樣的感情。

為了找工作、很耗交通費，都只是雞毛蒜皮的小事。

「就這樣半途而廢，我不甘心……」

說得好聽點是基於責任感，但要說只是情感尚未整理好似乎也不算錯。無論為何者，若是緒帶在現在的狀態下突然被切斷，良彥絕對無法接受。

良彥吸了吸鼻子。不能在穗乃香面前掉淚。不過多虧她，良彥似乎理出頭緒了。她的話並不多，只是靜待良彥冷靜下來，但這樣的距離感反而令人自在。她那連同周圍的空氣一併包容的空間，彷彿在表達對良彥的支持，讓良彥很開心。

「……穗乃香，謝謝妳。」

這句話是發自內心的。良彥從未像今天這麼深切地感謝她陪在身旁。

「我終於明白自己該做的事。」

良彥笑道，腦海中的迷霧已然散去。

「該做的事？」

「嗯。其實，大國主神要我別追究，祂說不能讓我承擔這種事。」

良彥想起擁有一雙玲瓏剔透眼眸的大國主神。雖然不知道詳細經過，但得知真相的祂，想必是為了盡量減輕良彥的負擔才這麼說。祂主動提議同行，應該也是因為這個緣故。

「可是，聽到祂那麼說的時候，我這裡好痛。」

良彥用手摀著心窩。當時，他完全沒想到原因是什麼。

「……我現在好像明白為何那麼痛了。」

良彥凝視著緊緊握住的手掌。

想起自稱出雲之王，卻採取了和黃金完全相反行動的祂。

既然祂是神明——正因為祂是神明，大可以從一開始就撒手不管。

「……真是傻瓜。我是，祂也是……」

在清澈的冬季空氣中，穗乃香不發一語地微笑。

⛩

起風了。風兒在倒映著陰沉天空的湖面上掀起漣漪，偃倒四周的蘆葦，吹得衣服翻飛。冷風舔舐著肌膚，隔著帽兜都還聽得見它的低鳴聲。自從誕生為神以來聽過無數次的風聲始終不變，告知季節與天候，帶來凡人的生活氣息。稻穗香、晚飯的味道、某人的笑聲，有時甚至是狼煙與臨死前的慟哭。

任風吹拂的大國主神察覺到降臨在附近的氣息，緩緩地拉回思緒。

「有什麼事嗎？岳父。」

蒼藍貴神現身於空無一人的宍道湖沿岸狹路上。面對祂，風兒似乎也有些顧忌，並未吹亂祂的頭髮和鬍鬚。

「聽到祢這聲『岳父』，真令我反胃。」

須佐之男命的視線並未與大國主神交會，而是保持一段距離望著湖面。

大國主神把雙手插在連帽上衣的口袋裡，嘆了口氣。

「請恕小婿無禮。小婿不才，慚愧至極。敢問三貴子之一的須佐之男命老爺大駕光臨，有何貴幹？」

大國主神神色未變地念出這段誇張的台詞，越到後半聲調變得越平板。雖然不知道須佐之男命為何而來，但祂正為了將良彥以最壞的形式牽扯進來而沮喪。為了不讓良彥接近須佐之男命，祂特地安排良彥與暴行受害者大氣都比賣神見面，誰知卻毫無效果；無可奈何下，只好與良彥同行，以尋找適當的時機喊停，勸良彥放棄，不料最後竟然落得與他一同見證結局的下場。祂的計畫全數失敗了。

「……祢是怎麼知道的？」

面向湖面的須佐之男命突然開口說道。

「兄長的罪行只有當時便已存在的少數神明知道，祢還年少，又是國津神，應該扯不上關係才是。」

大國主神也將視線移向湖面回答：

「我好歹是出雲的大國主神，神脈不少。」

「……這件事祢告訴誰了？」

「很不巧，誰也沒說。這件事太過沉重，我完全沒有和人分享的念頭。再說，我並不確定自己是否了解當年事件的全貌，也無從求證。我所知道的，應該只是祢們長年隱瞞的歷史的一小部分而已。」

大國主神聳了聳肩。因此，祂才不願讓其他人知道。

「雖然月讀命變成那副模樣，但祕密還是可以繼續保守下去。如果祢們希望這麼做，我樂意幫忙。畢竟那是我誕生前的事，我原本就不該置喙。就這層意義而言，我可說是站在祢這邊。」

說來不知是幸或不幸，由於長年以來都是由須佐之男命代行其職，縱使月讀命不再現形，也沒有任何大礙。須佐之男命犧牲自己維持的世界，依然毫無滯礙地反覆著日暮與天明。正因為如此，大國主神認為維持現狀也無妨。挖掘陳年舊事對任何人都沒有好處。

「——雖然可說是站在祢這邊……」

不知幾時間，大國主神緩緩地握住拳頭。和良彥一起在場見證，大國主神也察覺了一些事。當良彥說「祂一定很痛苦」時，不知何故，首先浮現於腦海中的不是月讀命，而是岳父。

——祂打算獨自守著這個祕密到什麼時候？

打算扮演壞人到什麼時候？

「……祢真的要這樣下去嗎？」

大國主神終於把視線轉向須佐之男命，失去哥哥的三貴子么弟。

清風吹過兩神之間，朝著湖面而去。

影。

「與祢無關。」

一群大雁飛過上空。當大國主神的視線從牠們的隊列移回來時，須佐之男命已經不見蹤影。

「我還在想祢怎麼一直不回來，原來是跑到這種地方來了？」

直到太陽下山、夜幕低垂，大國主神依然待在原地，一動也不動。此時，身上散發淡淡燐光的須勢理毘賣現身了。被風吹起漣漪的湖面沉落於漆黑之中，看不出與陸地之間的界線。

「祢是來接我的嗎？」

大國主神微微一笑，觸摸妻子的美麗臉龐，將如絹布般光滑的肌膚納入掌中。

「我還以為祢又跑去找其他女人。」

「怎麼會呢？我這麼為祢痴迷。」

「祢真不會撒謊。現在的祢可不是思念女人的表情啊。」

被一口駁斥，大國主神不禁唔了一聲。真不愧是祂的妻子。

「那我是什麼表情？」

大國主神收拾心緒問道。須勢理毘賣端詳丈夫的臉，微微歪頭。

「煩惱的表情吧……後悔、難以釋懷和心痛。」

「好厲害，正確答案。」

大國主神面露苦笑，摟住妻子的纖腰。女人的直覺果真不容小覷。

「……我實在太窩囊了，連自己都感到作嘔。什麼出雲之王？到頭來，我和其他那些視而不見的神明並沒有兩樣。」

大國主神含糊地說道，嘆了口氣。老實說，祂很想對眼前的妻子道歉：沒能拯救祢的父親，對不起。然而，既然須佐之男命希望「維持現狀」，祂就不能對須勢理毘賣說出實情。

「非但如此，我連想保護的人都保護不了，還把他扯進神明的紛紛擾擾中。」

「哎呀，除了我以外，祢還有其他想保護的人？真教我吃味。」

「啊，不，不是這個意思。」

「如果那個人是我就好了。」

「那只是一種修辭……」

「如果是我——」

須勢理毘賣打斷丈夫，將朗若明星的雙眼轉向大國主神。

「如果是我，就能和祢並肩奮戰。」

這句話漂亮地射穿大國主神的胸口。

自父親的轄地出走時，這尊女神從未期望大國主神護著祂的身後。

「那是個祢無法安心把身後交給他的人嗎？」

在腦中準備的種種說詞盡數粉粹。大國主神試圖自圓其說，視線搖曳，結果還是什麼話都說不出來，只能呆愣地望著漆黑的湖面。

「……不過，或許他並不希望我把身後交給他……」

「不問問看怎麼知道？」

須勢理毘賣從大國主神的牛仔褲口袋中抽出智慧型手機，放到大國主神手中。

「良彥打電話給我，說祢都不接電話。」

「須勢理……」

「我現在不會問祢發生了什麼事。不過，等到祢能說了以後，記得跟我說。」

LED燈提示著來電紀錄。打開一看，不知幾時間多了十幾通來自良彥的未接來電。

「還有，良彥要我代他傳話。」

須勢理毘賣轉向大國主神，清了清喉嚨，深深吸一口氣，模仿良彥的口吻開口。

「大國主神，祢這個王八蛋！我早就已經在追究了啦！如果覺得凡人不該干涉這些事，就別叫凡人當差使啊！正是因為有些事只有凡人才做得到，所以才需要差使吧？神明和凡人不是相互扶持的嗎？別說什麼不想讓我承擔之類的鬼話！聽了很感傷耶！都到這個節骨眼，就一起承擔吧——他是這麼說的。」

聽了須勢理毘賣這番鏗鏘有力的話語，大國主神忍不住笑出來。祂垂下頭，咬緊牙關，忍住逐漸滲出的淚水。

「……說得真直接啊。」

雙眼微微濕潤。不難想像良彥憤慨的模樣。確實，有些事只有凡人才做得到。事實上，良彥已經打破過去任何神明都無法改變的現狀，即使造成了將月讀命的和魂變為勾玉的結果亦然。

他應該願意一同承擔吧，承擔連神明都覺得沉重的過去。

「祢變了。」

須勢理毘賣拭去滑落丈夫臉頰的淚珠，溫柔地微笑。

「從前祢不曾對凡人投入這麼多感情。對於神明而言，凡人便如天降的一粒雨滴、飄落的一片樹葉，祢卻像朋友一樣關心良彥。」

聽了妻子的指摘，大國主神愕然地瞪大雙眼。

「……站在神明的立場，這樣是不是不妥啊？」

大國主神自己也早已隱約察覺，經妻子這麼一說，祂變得更加不安。

「要是祢逾越了分寸，我會斥責祢。」

須勢理毘賣嗤嗤笑道，手指從丈夫的臉頰滑落到脖子。

「不過，我還是有點吃味就是了。」

夫婦的竊笑聲溶入冬夜之中。

四

得知妻兒已死，月讀命因為憤怒與絕望而失去理智，在一時衝動下做出驚人之舉。高天原的美麗田園化為荒野，蟲子四處蠕動；被四射的戾氣打中的動物與神明，全都化為剝了皮的肉塊氣絕身亡；乾淨的水井湧出糞便，儲存的作物全數腐爛、散發惡臭。任憑老天津神用盡方法，毒氣仍以超乎其上的速度吞噬了神聖的織坊，擴散到高天原的最深處。

最後，終於擴及大日靈女神的宮殿。

「事情的原委我都明白了。」

黑暗包圍了高天原。

天安河原點起亮晃晃的火把，火光搖搖晃晃地照耀著須佐之男命與相對而坐的思金神。

「剛才我也向面具黨問過話。祂們成群結黨的時候很強勢，一落單便立刻出賣同夥求饒，要得到祂們的證詞並不難。之後，祂們會接受應有的審判。」

思金神不快地說道，垂下視線。

「才剛聽家父提及祂們目中無人的行徑，沒想到就發生這種事……原諒我。」

須佐之男命靜靜地接受思金神的叩頭謝罪。身在凡間的須佐之男命也聽過思金神的事蹟。因為才能出眾而被調任閒職的祂，讓須佐之男命聯想到姊姊。

「家兄現在的情況如何？」

在查明原委前，月讀命便已被捕，關入大牢。為了鎮壓祂失控的力量，祂的指甲被拔去，鬍鬚也被剪斷。

「剛才還像隻野獸般低吼，現在已經變得冷靜一些，待會兒祢可以去探視祂。」

須佐之男命鬆一口氣。祂為了制止發狂的哥哥上前抱住對方，卻立即被震開來，因此失去意識，待祂醒來時，哥哥已經被捕了。哥哥平安無事就好。

「這樣的事實在是前所未聞！」

「三貴子之一的月讀命老爺居然狂怒至此！」

「應該要立即釋放祂，並要面具黨向祂賠罪才是吧？」

環繞著須佐之男命與思金神而坐的眾神祢一言、我一語地說道。

「不，若是這麼做，豈不等於昭告天下大日孁女神娘娘完全沒有察覺到面具黨的企圖嗎？」

「這樣身為高天原首領的顏面可就盡數掃地了！」

「定然會被質疑祂毫無作為！」

眾神各懷心思，各說各話。聽了猶如夏蠅般嘈雜的眾神議論聲，須佐之男命靜靜地握緊膝蓋上的拳頭。祂們如此焦急是有原因的。思金神說高天原之所以陷入黑暗，是因為大日孁女神恥於自己一無所知，自囚於天之岩屋戶。再這麼下去，連凡人生活的凡間都會受到影響。

「當務之急，是將大日孁女神娘娘請出來。」

「沒錯，為了凡人，該以此事為優先！」

「難道要棄凡人於不顧嗎？」

太滑稽了——須佐之男命冷靜地暗想。凡人若是看見這些神明，不知有何感想？若是看見只能坐在這的自己，不知有何感想？雖然繼承了父親伊耶那岐神的強大力量，卻只能眼睜睜看著瘋狂與顫慄吞沒自己，逐步擴散。照理說，祂比任何人都更有義務阻止這場災難發生。

「——不，我根本沒有這個資格。」

在口中輕喃的話語，在膝上緊握的拳頭。

當祂在這裡虛耗光陰時——

哥哥、姊姊，是否正流著無形的淚水？

「諸位請先冷靜下來吧！」

在思金神的呼籲下，眾神的議論聲暫且平息了。

「大日孁女神娘娘和月讀命老爺均是三貴子之一，豈能獨尊其一，貶低另一方？」

四周傳來火把的爆裂聲。須佐之男命迷迷糊糊地望著火星飛舞。

「太陽和月亮都是天上不可或缺的。無論發生何事，我們都必須保住雙方的顏面。這是我們的使命。」

沒錯，正是如此。

須佐之男命比任何人更加贊同思金神的話語。那麼，要怎麼做才能保護兩神？怎麼做才能收拾局面？

周圍的眾神又開始議論紛紛。

為何偏偏是太陽神與月神？

祂們對於凡人而言，都是不可或缺的神明。

正因為無可取代，所以更加棘手。

須佐之男命感覺到自己的腦子出奇清楚。現在該怎麼做？這個問題化為核心，支配祂所有思考。

「不過，雖然面具黨罪大惡極，也不能完全不追究大日孁女神娘娘和月讀命老爺的過失。高天原蒙受的損害如此之大，只能揭露所有真相，請兩神負起——」

思金神的話語在祂目睹須佐之男命於火光中緩緩起身時中斷了。嘈雜的現場頓時變得鴉雀無聲，連呼吸聲都清晰可聞。須佐之男命更加握緊拳頭，將腹底湧上的複雜情感化為炙熱的氣息吐出來。

「……齊聚此地的眾神啊。」

海藍色的雙眸在火焰的映照下發出鈍光，腳下的河床碎石在祂的踐踏下發出了聲響。

須佐之男命一面散發燐光，一面緩緩問道：

「祢們忘了三貴子的最後一神嗎？」

氣氛倏地大變。

只見須佐之男命在一眨眼間來到思金神身後，拔出腰間的劍，抵著思金神的喉嚨。

「思金神！把我接下來所說的話當成事實！當成高天原最大的醜事散播出去，長久流傳於人世！明白嗎？這就是祢的使命！」

眾神正欲阻止須佐之男命，卻被思金神舉起手來制止。思金神毫無動搖之色，微微別過頭望著身後的須佐之男命。

「別做傻事。我知道祢的想法。但是，祢以為這麼做，大日孁女神娘娘和月讀命老爺會高興嗎？」

「祂們高不高興不是問題。我們神明該考量的是人世的秩序、凡人的幸福，不是嗎？為此，太陽和月亮都必須繼續發光，不容蒙上半點陰霾。」

須佐之男命仰望著漆黑華蓋覆蓋的天空。照亮白晝、照亮黑夜的光芒對祂而言，是永遠的路標。

「……不過，大海縱使狂暴一些，也沒有人會驚訝。」

告訴自己保護大海即是保護凡人的，正是哥哥。

「須佐之男……」

「八百萬神聽令！」

須佐之男命不顧思金神的制止，用發自丹田的聲音喊道：

「將美麗的高天原變成荒野，殺害動物與神明，使得大日孁女神哀嘆不已的，是我須佐之男命！」

聽了這道與劃過天際的雷鳴聲相仿的吶喊，眾神只能屏住呼吸、睜大眼睛，聆聽須佐之男命的宣言。

「我很羨慕姊姊分封到高天原！早就想毀掉這個地方！對於光是哭泣就能讓草木枯萎、讓大地響動的荒神須佐之男命而言，易如反掌！」

須佐之男命高聲說道，聲音響徹整個高天原。

「這就是事實！是醜惡又可悲的我——須佐之男命犯下的罪行！口傳口、字傳字，將此事千秋萬世地流傳下去吧！」

區區汙名，何足掛齒？

倘若成為維繫太陽與月亮的大海正是祂的使命——

「……思金神，我只想得出這個辦法。」
須佐之男命輕聲說道，微微地笑了。
「姊姊就拜託祢。祂知道這件事之後一定會動怒，請祢設法平息祂的怒氣。」
須佐之男命靜靜地把手從思金神的肩膀上拿開，還劍入鞘。為了表示祂對姊姊大日孁女神並無反抗之意，祂將佩劍留在原地。
接著，祂頭也不回地奔向月讀命所在的大牢。

⛩

須佐之男命帶著月讀命逃離高天原後，前去投靠住在高天原與人世之間的大氣都比賣神。女神對於神態憔悴的月讀命倍感同情，並未詢問理由便收留了兩神。
「月讀命老爺的傷帶有不可思議的詛咒，若不另行設法，只怕難以痊癒。」
月讀命一離開高天原便失去意識，現在徘徊於半夢半醒之間，替祂查看傷勢的大氣都比賣神如此告知。
「我知道。給爾添了麻煩，實在過意不去。」

大氣都比賣神雖然貴為天津神，卻不時下凡，指導凡人農業，在高天原被稱為怪胎，與其他天津神幾乎沒有往來。正因為祂是這樣的女神，須佐之男命才會求助於祂。

「不久後，高天原發生的事應該也會傳到這裡。在那之前我們便會離開。」

須佐之男命尚未告知哥哥自己代為頂罪之事。一方面是因為，知道哥哥必然會反對，仍在尋思說服的方法；最重要的是，祂希望等到月讀命的身心都鎮定下來後再談這件事。

凡間正在下雨。不知是不是受到大日孁女神隱身的影響，明明是大白天，卻如同傍晚般昏暗。覆蓋天空的雲層是暗紅色的，不時傳來駭人的雷鳴，凡人都為此感到不安。這樣的日子持續了兩天，月讀命依然未醒，只是不斷作惡夢，反覆說著「我絕不饒祢們」之類的囈語。

到了第三天早上，悲劇發生了。

當須佐之男命聽見大氣都比賣神淒厲的慘叫聲趕到現場時，祂看見的是長劍出鞘的哥哥。

「兄長！」

月讀命下了床，勉強用自己的雙腳站著，雙眼卻散發出異樣的光芒，肩膀上下抖動，不斷喘息。祂的視線筆直地望著倒在腳邊的大氣都比賣神，似乎沒有聽見須佐之男命的聲音。

「該死的面具黨，這回居然扮成女子來愚弄我！」

「住手，兄長！祂並非面具黨！」

「我不會再上當！豈能繼續當祢們的笑柄！」
須佐之男命的制止聲和大氣都比賣神的慘叫聲交錯。
變大的雨聲覆蓋了慘劇。
「大氣都比賣神！」
須佐之男命立即奔上前去，然而，月讀命灌注渾身之力的一擊毫不容情地斬斷大氣都比賣神的軀體，鮮紅色血液汩汩流出，猶如生物般在地上爬動，流向低處。
「……賢弟。」
不久，被回濺的鮮血染紅半邊身子的月讀命喃喃呼喚。
「……我剛才殺了誰？」
如此詢問的哥哥，眼眸已然恢復平時的色彩。
「我……又造殺孽了嗎？」
「兄長……」
「我又造殺孽了？用這雙手……」
長劍掉落到地上，發出清脆聲響。月讀命凝視自己染血的雙手，大聲叫道：
「用這雙害死妻女的手！」

「兄長！」

須佐之男命抱住骨瘦如柴的哥哥。

「別責怪自己！振作點！」

「賢弟……我已經無藥可救了。我一定又會犯下罪行，傷害別人……」

「不會的！」

須佐之男命緊咬嘴唇。有我陪在身邊，我會保護兄長——祂想這麼說，但話語到了喉頭卻說不出口。

「大氣都比賣神沒事的。如同植物播種、再次萌芽一般，祂能夠重新再生。」

「可是，下一個被我斬殺的若非如此呢……？」

月讀命用顫抖的手觸摸須佐之男命的臉頰。

「要是我對祢拔劍相向……」

曾經那麼可靠的金色眼眸，如今搖曳著不安的色彩。

「到時候，祢下得了手殺我嗎……？」

面對如此殘酷的問題，須佐之男命不禁屏住呼吸。

「祢、祢在胡說什麼……」

祂勉強從喉嚨深處吐出這句話。

聽了弟弟的回答，月讀命微微一笑。

「……我這是多此一問。心地善良的祢怎麼下得了手殺我呢……」

吐氣般的話語代表的是灰心？還是安心？

「賢弟，如果祢還為了那件事耿耿於懷，可否聽我一個請求？我知道在這個關頭搬出那件事，是很卑鄙的行為……」

祂在說什麼？須佐之男命露出訝異的表情。只見月讀命緩緩調勻呼吸，再次凝視弟弟的眼睛。

「將一切的罪惡和記憶封進我的荒魂裡吧。這麼做是為了預防我再次傷人。」

「……這話是什麼意思？」

須佐之男命不解其意地反問。也許祂其實明白，只是腦袋拒絕理解而已。

「變為空殼之後的我就拜託祢了。那樣子應該會比現在好應付一些。」

逐漸被光芒包圍的月讀命，最後臉上似乎帶著笑容。

「兄長！」

然後，月讀命一半的魂魄在弟弟的懷中改變了形狀。

「——祢聽好，大氣都比賣神。」

大氣都比賣神恢復意識後，首先映入眼簾的是衣服一片通紅、手持染血長劍的須佐之男命。

「殺祢的是我，祢是被須佐之男命所殺的。」

這道聲音毫不留情地灌進混濁的記憶中。大氣都比賣神不禁暗想，從前須佐之男命的眼神就帶有如此強烈的覺悟嗎？祂的雙眼猶如包藏狂風暴雨的大海，壓抑著劇烈起伏的情感。

「祢好心在雨天收留我，卻被我忘恩負義地斬殺了。這件事祢千萬不可忘記。」

帶有不可違抗之力的話語猶如回聲，在腦中不斷迴盪。當大氣都比賣神察覺這是咒術時，已再度失去意識。

——負罪者，吾也。

在如此述說的須佐之男命身後，大氣都比賣神似乎看見一尊陌生的白銀男神。

雨仍在下，下個不停。

不久後，年幼的三女神前來尋須佐之男命，表達照料大氣都比賣神之意。祂們是藉由大日孁女神吹出的氣息，從須佐之男命留在高天原的佩劍誕生的。三女神遞出一個金色髮飾，說是大日孁女神要祂們代為轉交。

「這裡頭灌注了力量，能夠保佑爹爹。」

聰慧的長女用稚氣未消的語氣說道。除此之外，祂似乎一無所知，天真無邪的雙眼望著須佐之男命。

「……是嗎？」

須佐之男命接過翡翠勾玉串連而成的髮飾，微微一笑。姊姊要祂們轉交此物，代表祂已經平安離開岩屋戶，並支持弟弟的決定。想必是思金神成功說服祂了吧。至於姊姊心中有多少掙扎，現在思之無益。

姊姊，請別哀嘆，請別自責。

請祢繼續大放光彩，在天上燃燒，遍照所有生命。

這就是我們兄弟倆的心願。

「……但願這套劇本別出任何差錯。」

須佐之男命朝著高天原祈禱，向髮飾吹了一口氣。只見髮飾如沙粒般崩塌，粒子生出五尊幼小的男神。須佐之男命囑咐祂們為母親大日孁女神分憂解勞，將祂們送回高天原。

「這樣好嗎？」

長女歪頭詢問，模樣煞是可愛。須佐之男命點了點頭。

「嗯，這樣就好。從彼此的隨身之物誕生的孩子，也就是爾等，足可見證我和姊姊堅定不移的誓約。」

三姊妹一頭霧水，面面相覷。

須佐之男命將其餘的事交給年幼的女兒們，拉著哥哥的手，在雨中邁開腳步。指甲被拔去的手腳教人不忍直視，纏繞其上的布條眼看著就要鬆脫。僅剩和魂的哥哥處於心不在焉的狀態，大概得花上幾天才能鎮定下來。如今月讀命已放棄荒魂，祂的使命必須由自己一肩扛起。

「……一舉一動、用字遣詞全都模仿兄長也不壞啊。」

不久後，雨停了，金色陽光從雲層間灑落。哥哥舉起雙手遮擋陽光，瞇起眼睛仰望天空。看著祂宛若幼童的動作，須佐之男命想起從前被哥哥不容分說地推下懸崖的往事，不禁微微一笑，隨即又流下無聲的淚水。

要點

神明講座 3

思金神究竟是何方神聖？

思金神是高御產巢日神之子，現在通常被視為智慧之神奉祀。天之岩屋戶時，是祂想出了解決方法；禪讓時，是祂挑選派往大國主神身邊的神明；天孫降臨時，是祂隨著邇邇藝命與五伴緒（※）一同下凡。天照太御神將八咫鏡交給邇邇藝命的時候說：「把這面鏡子當成我奉祀，並由思金神負責祭祀，輔佐政事。」由這些事蹟判斷，思金神應該是祭祀者。

後來，鏡子被奉祀於五十鈴宮（伊勢神宮內宮），有一說認為當時思金神也一同受到奉祀。同時奉祀神明與祭祀者雙方，是自古以來常見的做法。

※ 五伴緒：天兒屋命、布刀玉命、天宇受賣命、伊斯許理度賣命、玉祖命。

四尊　湛藍的滿月

一

須勢理毘賣代為傳話的隔天，大國主神造訪了良彥家，說出三貴子的歷史真相。祂並未透露是從何得知的，然而，聽聞須佐之男命為了袒護失去妻女而絕望的月讀命所下的決斷，以及天照太御神無奈接受的經過，良彥震撼不已，啞然無語。

「如須佐之男命所願，高天原發生的一切全被當成祂的罪行，眾神也忠實地將之散播出去。因此，像須勢理和我這類騷動過後才誕生的神明並不知道真相，留在凡人典籍裡的，也是眾神散播的偽史。也正因為如此，《古事記》和《日本書紀》中關於月讀命的記述極少。三貴子的過去就這麼被埋葬在歷史洪流中。」

大國主神坐在良彥的床上，倚著牆壁，帶著自揭瘡疤的表情說出這番話。

「說句題外話，凡人並不知道三貴子都是性情剛烈的，對吧？典籍裡描述得像是脾氣火爆的只有須佐之男命而已。其實，祂們三姊弟都是那種性子，須佐之男命已經算是最溫順的一尊神。」

「……真的假的？」

「畢竟是姊弟嘛。」

大國主神無奈地嘆一口氣，繼續說道：

「月讀命的荒魂究竟是如何失落的，依然成謎；荒魂為何分離、現在位於何處，大概只有須佐之男命知道。」

戴著帽兜的男神把視線轉向良彥。

「很沉重的故事吧？毫無疑問是最重量級的。月讀命變成那副模樣，知道內情的神明都很同情祂，可是不知道荒魂的下落，無法助祂復原。須佐之男命又堅持不說出實情，大家都束手無策……凡人和這段醜陋的往事毫無關係，照理說，差使是用不著承擔此事。」

良彥坐在椅子上，黃金則是默默守在他的腳邊，不發一語。

「……所以祢才阻止我？」

「結果沒成功就是了。」

大國主神聳了聳肩，良彥把視線從祂的身上移到地板上。

「……我現在知道祢為什麼要我別追究了。須佐之男命為何那麼抗拒月讀命取回荒魂——也就是取回記憶的理由，我好像也明白了。」

良彥想起月讀命問起失去荒魂前的自己是何模樣時，須佐之男命啞口無言的神情。祂身為弟弟，只是不希望讓哥哥想起悲傷的往事而已。

「永生永世替哥哥頂罪，這可是需要相當大的覺悟……換作是我做得到嗎？」

良彥喃喃自語，大國主神微微地皺起臉龐。

「我的兄弟也不少，但我可不想當祂們的替死鬼。如果對我有恩，或是我欠了什麼人情的話另當別論，我才不要無條件頂罪呢。」

曾被親兄弟謀害的祂皺起鼻頭，表示敬謝不敏。見到祂與凡人如出一轍的舉止，良彥不禁苦笑。確實，就算須佐之男命和月讀命曾做過自己不知情的約定，也是很正常的事。

「哎，不過照這樣看來，為了搶走夜之國而吞食荒魂的說法應該是假的吧？」

良彥盤起手臂。既然須佐之男命重視哥哥到不惜為祂頂罪的地步，應該不至於這樣對待哥哥的荒魂才是。

「是啊。我聽見這個說法的時候，也忍不住懷疑自己的耳朵。祂不能找個好一點的藉口嗎？」

「那麼，月讀命的荒魂在哪裡？」

「你問我，我問誰？」

話題又回到原點，大國主神露骨地皺起眉頭。

「我只知道在那場騷動發生不久後，月讀命的荒魂就失落了。或許在須佐之男命手上，又或許真的不在祂手上。」

「……對喔。就算月讀命的荒魂在須佐之男命手上，如果祂不想讓哥哥復原，很有可能會謊稱沒有荒魂，拒絕我們的要求。」

「這只是推測而已。比我年長的太古之神或許知道這件事的全貌……」

大國主神對黃金投以糾纏的視線，黃金焦躁地用尾巴拍打地板。

「我知道的和祢剛才所說的差不多。須佐之男命決定替月讀命頂罪，以及天照太御神迫於無奈，接受了這個決定。至於月讀命的荒魂在何方，我也不知道。」

「真遺憾。」

大國主神舉起雙手，表示投降。

「就是這樣。良彥，我只能幫到這裡了。至於最關鍵的『尋找荒魂』差事，很抱歉，我沒有任何情報。」

「不，已經夠了。」

大國主神專程從出雲前來，已是十分優待良彥。差事的基本原則，是由凡人親手達成，因此，知道真相的黃金刻意與良彥保持距離，說來也是理所當然。一思及此，不難想像大國主神心中也有過一番掙扎。祂應該明白神明不該干預差使辦理差事，但是依然如此為良彥操心，讓良彥相當高興。

「大國主神，剛才祢說的那些高天原往事，祢告訴須勢理毘賣了嗎？」

面對這個突然的問題，大國主神眨了眨眼。

「不，我沒跟祂說。和我熟識的神明，應該都不知道真相吧。」

「那祢一直獨自守著這個祕密嗎？」

雖然不知道祂是如何得知這個祕密，可是，一想到在外人眼中向來自由奔放的祂居然一直守著這個不能說的祕密——

「祢一定很痛苦吧。」

這句話便自然而然地脫口而出。

大國主神沒料到良彥會這麼說，不禁屏住呼吸。祂那雙睜大的眼眸搖曳著，難掩動搖之色，接著撇開了視線，拉了拉帽兜的兩端。

「別、別把我和凡人相提並論，我可是神明啊。一、兩個歷史內幕都承擔不了，像話嗎？再說……」

說到這裡，大國主神變得有些吞吞吐吐。

「……再說，比起我，須佐之男命一定更痛苦……我一直不了解祂的苦衷。」

良彥不清楚高天原事件發生至今過了多少歲月，不過在這段漫長的時光中，須佐之男命一直替哥哥頂罪，卻是事實。

「……就算了解，我大概也不曉得該怎麼做才好吧。」

大國主神自嘲地笑了。良彥也點頭附和，苦澀地嘆一口氣。縱使找到月讀命的荒魂、縱使月讀命復原，須佐之男命就能獲得救贖嗎？或許想起一切的哥哥，只會再度自責而已。若是如此，須佐之男命是否會質疑自己長年以來所做的一切毫無意義，感到空虛？

良彥凝視著自己的掌心。

哥哥僅剩的和魂變為勾玉，不知須佐之男命做何感想？

「……我從以前就覺得……」

在各自沉默之中，良彥緩緩說道。

「祢真是個好人耶。」

「——啊？」

男神停頓一會兒，吐出發自內心的問號。黃金則露出有些傻眼的表情看著他們。

「祢老是說須佐之男命很恐怖，卻還是這麼關心祂。」
「這個嘛……畢竟祂是須勢理的父親啊。」
「又因為不想讓我承擔這些事而搞得焦頭爛額。」
「焦頭爛額？」
「不過……謝謝祢。」
良彥刻意避開大國主神的眼睛說道：
「多虧有祢。」
真相確實很沉重。
不過，若是與祂合力，良彥覺得自己應該挑得起這個重擔。
「……不客氣。」
大國主神愣了一愣，把臉轉向一旁，喃喃說道。

⛩

一月結束，到了二月上旬，連接良彥脖子與宣之言書的緒帶依然沒有斷裂，然而差事同樣是毫無進展，一籌莫展的他只能平淡地過著打工生活。隨著日子經過，大國主神所說的三貴子故事深深地沉入良彥的心中，一想到須佐之男命的心情，良彥便無法採取行動。好幾次，他都想去月讀命的神社看看，但是一在最近的車站下車，想到迎接自己的白銀之神已然不在，他便心生躊躇，最後還是折返了。他也曾經不斷自問去了神社能做什麼，在找不到答案的狀態下度過漫漫長夜。黃金依然在良彥的房間裡生活起居，時而出門，時而確認冰箱內容物，過著隨心所欲的生活。只要良彥還是差使，祂大概就會繼續住下來吧。

「……啊，該怎麼辦？」

中午過後，良彥結束打工，和同事吃完午餐回家的路上，望著灰濛濛的天空如此嘀咕。宣之言書已經上了墨，若要完成差事，良彥就必須尋找月讀命的荒魂，而要尋找荒魂，就得再和須佐之男命見一次面。正如大國主神所言，荒魂的下落只有祂知道。

良彥停下腳步來等紅燈，寒風吹得他身子瑟縮。替哥哥頂罪，不知道是什麼感覺？不光是哥哥，須佐之男命也保住姊姊的地位。承擔兩神的過失，並要眾神宣傳自己是愚神，祂的心境是良彥完全無法想像的，良彥只知道祂打從心底敬愛兄姊。得知個中原委後，良彥總算明白，以火爆聞名的須佐之男命為何如此悉心照顧月讀命。

「其他的神明無法插手我能理解，可是，姊姊也覺得這樣沒問題嗎……？」

良彥把手插入大衣口袋中。雖說事發當時天照太御神並不在場，可是祂不反對么弟頂下所有罪行嗎？不覺得失去荒魂的月讀命很可憐嗎？又或是祂下定決心，無論發生什麼事，絕不推翻么弟的覺悟？任憑良彥想破腦袋，終究只能推測而已。

右手插入的口袋中似乎有異物，良彥拿出來一看，原來是先前穗乃香遞給他的學生美術展傳單。

「……美術展啊？」

看來自己似乎放進口袋之後就忘記拿出來。良彥迷迷糊糊地想起穗乃香說過想讓他看一幅畫。展覽期間已經開始，現在的時間還不到下午三點。良彥接下來沒有任何行程，正巧展覽會場所在的美術館就在附近。記得穗乃香說過，必須得獎才能獲得展示，不知結果如何？良彥拿出智慧型手機，正要撥打穗乃香的電話號碼卻又遲疑了。若是結果令人遺憾，這通電話豈不成了落井下石？

「……我變得慎重許多啊……」

良彥自嘲地喃喃說道，最後還是把智慧型手機塞進牛仔褲的口袋裡。

全國學生美術展分為書法與美術兩部分，投稿作品經過審查後，只要能夠得到獎勵獎以上的獎項，便會獲得展出。得獎也有利於進入藝術大學就讀，因此對於以美術系為志願的高中生而言，可謂是魚躍龍門的大好機會——良彥透過櫃台的海報得知這些資訊。反正回家也只是悶頭苦惱而已，倒不如來欣賞學生熱力四射的藝術創作，也可順便散散心。良彥帶著這般輕鬆的心情，接過三折導覽手冊，踏入展覽會場。

立體展示的樓層裡，陳列了許多年輕人的前衛作品，讓他不禁聯想到天棚機姬神製作的衣服。藝術這門學問，果然是深入鑽研之後，便會邁入外行人難以理解的領域嗎？良彥不時駐足觀賞，慢慢前進。時值平日午後，來場者並不多。

走進繪畫部門區，牆上掛著許多裱了框的畫作。良彥完全不懂藝術，只知道自己的畫功和展示作品有著天壤之別。

「這樣的畫是怎麼畫出來的啊……」

良彥在如同照片般細緻的風景畫前沉吟，並確認名牌上的高中校名與作者名字。如果校名和穗乃香的一樣，良彥便會記住作者的名字。

彎過用隔間板砌成的轉角後，是一片較寬闊的空間。看見裡頭展示的某幅畫的瞬間，良彥不禁停下腳步。

「……月亮。」

耀眼得教人幾欲舉手遮擋的藍月，燦然占據三分之一的畫布。良彥緩緩吐出屏住的氣息，走向那幅畫。下方名牌所列的高中校名與穗乃香的學校相同。除了「松下望」這個名字，還有紅白緞帶與最優秀獎的標示牌。

「就是這個嗎……？」

良彥近距離地再度仰望藍月。畫中人物也很美，但最引人注目的還是月亮。靜謐無聲，乍看之下冷冰冰的，卻毫不吝惜地用它的青白色光芒照耀四周，甚至讓人感受到一股暖意。這樣的形象在良彥心中瞬間與那尊男神重疊。

「……月讀命。」

良彥努力忍住幾乎奪眶而出的淚水。不知何故，他的感覺像是和再也見不著的月讀命重逢。這種時候，良彥真氣惱自己的語彙如此貧乏。幾乎將人吸入畫中的魄力與壓倒性的美，該用什麼詞語形容？顯然是帶著強烈意志畫下的月亮就在眼前。

「……『湛藍色的月亮升起時——節錄自《竹取物語・異聞》——』。」

良彥念出作品名稱，盤起手臂。

「異聞是什麼……？」

《竹取物語》是輝夜姬的《竹取物語》嗎？

「——很久很久以前，有位公主和她的幾名侍從自月亮流落到看不見大海的大陸盡頭。」

歪頭納悶的良彥身後響起一道陌生的女聲。

「王公貴族為公主的美貌著迷，爭相求婚，但公主對他們不屑一顧，只是望著月亮，日日期盼有人來接她回去。當侍從因為思念月亮上的家人而傷心流淚時，公主鼓勵他們：『當湛藍色的滿月升起時，便是再相聚之時。』然而，侍從一個接一個離開人世，最後公主的生涯也降下簾幕。」

回頭一看，一個約莫四十五、六歲的女性望著畫布如此說道。她穿著米黃色大衣和黑色靴子，綁成一束的頭髮裡夾雜幾絲白髮。

「憐憫公主的人們向月亮祈求她的靈魂獲得安息……月亮信仰從此誕生，這個故事也隨著海外移民一同流傳到當時的日本。後來，故事漸漸演變為日本風格，變成《竹取物語》……這就是《竹取物語》的異聞。」

「這樣啊……」

良彥沒想到會有陌生人替自己解說，不由得慌了手腳。

「呃，這是很有名的故事嗎……？」

良彥知道《竹取物語》，但完全沒聽過女性所說的異聞。或許是自己孤陋寡聞？良彥壓低聲音詢問，女性露出了苦笑。

「一點也不有名。這是我前夫的家鄉流傳的故事，應該是有人虛構出來的吧。」

聽見前夫這個字眼，良彥立即做好迎接尷尬氣氛的心理準備。然而，一反良彥的預測，女性露出懷念的笑容。看見她眼尾的笑紋和變得更加柔和的表情，良彥的緊張略微紓解了，繼續追問：

「您知道這個故事……所以您是這幅畫的作者的家人囉？」

「對。沒想到那孩子會拿這個故事當繪畫題材。」

女性望著藍月，瞇起眼睛說道。看她的模樣，應該是母親吧，或許是聽到孩子得獎的消息而來參觀。

「故事雖然是虛構的，聽起來卻很真實。」

「是嗎？」

女性把視線轉向良彥，微微地笑了。

「其實在我剛才說的異聞中是沒有這樣的場面。至少就我聽過的內容沒有，因為公主最後死了。」

女性指著畫布上的人物，瞇起眼睛。

「我想，這一定是作者的願望吧。希望結局是這樣的願望。」

良彥也仿效她，再度望向畫布。

「留在人類典籍中的只是歷史的一小部分，另有異聞或不同的結局也沒什麼好奇怪。所以，就算是願望也很好啊，說不定事實真的是這樣。」

身為差使的經驗讓良彥發自內心地這麼想。縱使是《古事記》和《日本書紀》，記載的也不見得是眾神所見的真相。幾天前，良彥才剛親眼見證其中一個例子。

「……是願望也很好……也對……」

女性細細品味良彥的一番話，喃喃說道。

「你年紀輕輕的，想法卻這麼大器。」

「因為這樣想比較浪漫啊。」

「浪漫？」

「浪漫。」

安靜的展覽室裡，兩人的竊笑聲夾雜在呼吸聲之中傳來。

「那我再說一個浪漫的故事給你聽吧。」

心情大好的女性瞥了良彥一眼，繼續說道：

「據說來自月亮的公主其實有個女兒，她的子孫開枝散葉，興建了王國，成為信仰月亮的一族，來到古代的日本。」

「哦？日本？」

「他們以海外移民的身分逐漸融入日本。記得後來是被稱為……秦氏。」

「秦氏……」

孝太郎似乎也提過這個名字。

「確實很浪漫。」

「對吧？」

「不過……只有妻女來到地上，父親獨自留在月亮上嗎？」

為何只有妻女被放逐到地上？輝夜姬的故事中，公主是因為有罪才被流放到地上，異聞也是這樣嗎？

女性再次將視線移向藍月，一瞬間露出憂傷的神色。

「我也是聽來的，不太清楚。」

她的雙眼回溯著記憶。

「聽說是為了維護丈夫的名譽，妻女才在嚮導的帶領下從月亮來到地上。」

不是被流放，而是自願來到地上——

大國主神所說的悲傷故事閃過良彥的腦海。

月讀命大鬧高天原的原因，不正是下凡的妻女嗎？

「……不知妻女是抱著什麼樣的心情和丈夫離別？」

女性喃喃說道，舉起手掌遮住畫布上的半邊月亮。

「當湛藍色的滿月升起時，便是再相聚之時……這句話聽起來活像咒語，意思大概是缺了的月亮總有一天會變回滿月，即使成了相隔兩地的半月……成為弦月，日後也會再次團圓吧。」

女性在空中滑動手掌，再度捕捉滿月。

「我想，妻子一定一直相信著丈夫，等到最後一刻……」

女性如此說道。不知何故，她凝視著月亮的雙眼中帶有一絲後悔。

「湛藍色的……滿月……團圓……」

良彥與滿月面對面，喃喃自語後，不禁啞然失聲。湛藍色的月亮，藍月……說法各有不同。直到此時，良彥才察覺——

月讀命放棄人形的那一天，他確實親眼目睹在沙子上閃耀的湛藍色半月。

二

大日孁女神走出岩屋戶後，剛聽完思金神敘述的事發經過，還沒說上半句話，便毫不遲疑地給了思金神一記耳光。思金神乖乖承受，望著女神說：

「氣消了嗎？」

聽思金神一派鎮定的口吻，大日孁女神的嘴唇不斷顫抖。是因為憤怒？還是因為哀嘆自己的無力？祂已經不明白了。

「怎麼可能！立刻把月讀命和須佐之男命找回來！為何我弟弟得被逐出高天原，承擔一切罪名！」

「恕難從命。月讀命老爺姑且不論，須佐之男命老爺是自願這麼做的。」

「是祢誘導祂這麼做的吧！」

面對兄姊的困境，么弟斷然不會袖手旁觀。思金神便是利用祂這樣的性子。

「打從一開始……把我關進這裡的時候，祢就打算這麼做了……？」

思金神筆直回望大日孁女神充滿怒氣的雙眼，開口說道：

「我不明白祢的意思。不過，聽說須佐之男命老爺心中對於月讀命老爺有愧，祂代為頂罪，或許是為了贖罪。」

「我就是在問祢是否利用了祂的心中有愧！」

「那麼我請教祢。」

思金神打斷情緒激昂的大日孁女神，繼續說道：

「除了這個方法以外，要如何收拾殘局才正確？祢該不會要自行負起全責吧？即使面具黨已經收手，手足蒙受的無妄之災，和身為照耀高天原與葦原中國之神應有的典範，祢認為孰重孰輕？」

思金神步步逼近，但大日孁女神賭上了一口氣，一動也不動。祂回瞪思金神的雙眼，緊握方才打了一耳光的手。面具黨針對月讀命的企圖之一，便是扳倒身為其姊的大日孁女神。雖然月讀命是誤中奸計，但祂將高天原化為荒野是事實，倘若身為首領的大日孁女神袒護弟弟，其他神明定然不會默不作聲。

「在祢關進岩屋戶的短短期間內，便有許多生命因為失去陽光而枯萎。祢必須帶著威嚴與神聖在空中大放光彩，沒有任何一尊神能夠取代祢。這個道理祢還不明白嗎？」

大日孁女神恨不得摀住耳朵。

祂恨不得閉上眼睛蹲在原地，像幼童一樣放聲大哭。

「……我明白……」

大日孁女神帶著剖心泣血之痛擠出聲音。祂沒有流淚，絕不掉淚。思金神說得沒錯，父親伊耶那岐神賦予自己的是太陽神的角色，祂必須繼續散發萬物之糧的光芒，創造生命，孕育凡人。因此，祂的力量和祂的威信都不能有絲毫減損。

不過，這麼一來——

兩個弟弟該怎麼辦？

被面具黨玩弄於股掌間的大弟。

自願承擔汙名的么弟。

「……祢要我……棄弟弟於不顧嗎……？」

顫抖嘶啞的聲音虛弱無力。

身為姊姊，竟不能給予半點慈悲嗎？

「令弟希望祢留在天上，所以才扛起所有罪責下了凡間。這一點是千真萬確的。」

思金神遞給大日孁女神一把劍。大日孁女神對這把劍有印象，是么弟的愛劍。大概是么弟為了對姊姊宣誓忠誠，方才留作信物。

「……原諒我……月讀命……」

聽說暫時打入大牢的弟弟被拔去指甲、剪斷鬍鬚。痛苦與悔恨湧上女神心頭。

「原諒我……須佐之男命……」

大日孁女神緊抱著劍跪下來。雙肩上的幾億生命沉甸甸地壓住女神，早已不是區區「沉重」二字便能形容。

思金神緊握拳頭，縮回伸出的手，靜靜地閉上嘴巴，一動也不動。

須佐之男命留下的劍生出三尊純潔無瑕的女神，大日孁女神將自己的髮飾託付給祂們。這是祂對么弟僅有的賠禮，但也知道自己虧欠的絕非這點東西便能彌補。

「思金神。」

目送年幼的三女神下凡離去，大日孁女神卸去所有頭髮上的珠飾，並切斷束髮的細帶。

「我要重新整建高天原，從根本改革，以免日後再次發生那樣的蠢事。為了達成這個目的，我需要祢的力量。」

「遵命。」

思金神在女神身邊伏地跪拜。見狀，大日孁女神啼笑皆非地嘆一口氣。

「犯不著行此大禮，我已經很清楚祢的心機有多麼深沉。不過，我需要祢那顆靈光的腦袋。」

大日孁女神甩了甩變輕的頭，撩起頭髮。纏繞在白皙手指上的髮絲如絹絲般隨風飛舞。

「祢不該崇拜我，而是該成為制衡我的神。別站在我的身後，站在我的身邊。」

女神那雙威勢更增的眼睛捕捉了思金神。

「從此時此刻起，我要改名換姓，把軟弱無力的大日孁女神留在岩屋戶裡。」

思金神靜靜地倒抽一口氣，高昂與興奮之情充斥心頭。祂正要見證眼前的美麗女神更上一層樓的瞬間。

「既然在天上照耀一切是我的使命，用這個名字應該更加淺顯易懂。」

褪去過度華美的上衣，變得輕盈的女神似乎微微地笑了。

「……讓天棚機姫神織件新的神衣吧。適合現在的祢的神衣。打造八咫鏡與八尺瓊勾玉，卜個良辰吉日奉祀起來。」

思金神感受著心頭的躍動，深深垂下頭。

「讓長鳴鳥（註2）唱歌恭迎祢吧！我們的日輪，天照太御神。」

⛩

良彥驅使格格作響的右膝跑出美術館後，先回家一趟，向黃金打聽須佐之男命的下落。當時的時間是下午四點前。當他再度離開家門，與黃金一同搭上電車，抵達目的地的神社時，太陽已然西斜，樹木的影子長長延伸於神社境內。

「……須佐之男命。」

良彥呼喚坐在敞開的神社門前的蒼藍貴神。

「……我不是叫你別再干涉我們兄弟了嗎？」

在放棄現形的哥哥的神社裡，須佐之男命用比冬夜更寒冷的眼神瞪著良彥。這道視線化為勁風，鞭打良彥的臉頰。

「我知道，月讀命的事我再怎麼道歉也不夠。就算事前不知情，我暴露了祢長年隱藏的祕

註2：即是雞。

密是事實。」

良彥承受著在冰冷臉頰上造成刺痛的風，不自由主地握住拳頭。再多言詞，都無法改變那一天發生的事。

「老實說，在今天之前，我一直不知道該拿什麼臉來見祢……不過，現在我有了必須見祢一面的理由。」

黃金守在不遠處觀望。聞言，須佐之男命挑了挑眉。

「理由？」

「對。」

良彥點頭，緩緩吐出一口氣，再度凝視著須佐之男命。

「我知道月讀命的荒魂在哪裡了。」

須佐之男命瞇起眼睛，彷彿在質疑這句話的真偽。

「祢說祢吞食了荒魂是在撒謊。祢那麼重視哥哥，不可能那樣對待祂的荒魂。祢應該會把荒魂留在身邊才對。」

良彥緩緩抬起右手，指向某物。

倘若那天看到的湛藍色勾玉是祂的半月——

「荒魂就在那裡。」

須佐之男命的脖子上掛著許多玉石和勾玉，良彥指的就是其中一塊金粉點綴的湛藍色勾玉。須佐之男命一時情急，用手遮擋，隨即又皺起眉頭，站了起來。

「是又如何？」

須佐之男命踏出一步，迸裂的電氣飛來，擊中良彥。良彥感受到如同強烈靜電的刺激，縮起身子。

「要不是你多事，就算只剩和魂，兄長至少還能現形！還能安寧地度過悠久的時光！是你踐踏了祂的安寧！」

良彥抬起頭來，全身上下依然有股麻痺感，但令人意外的是，他竟然是橫眉豎目的表情。

「……祢口中的兄長究竟是什麼樣的存在？」

良彥低聲問道。聞言，須佐之男命皺起一邊的眉頭。

「頭髮和眼睛變了色，記憶只能維持一天，乖乖聽祢的話巡視神社，祢想要的就是這樣的哥哥嗎？」

大國主神說過三貴子皆是性情剛烈，說來意外，其中最溫和的竟是須佐之男命。白銀月神絕非原來的月讀命，或許眼前的火爆貴神正顯現出月讀命的其中一面。

「荒魂無法重新創造，不過，只要荒魂與和魂齊聚，就能讓月讀命恢復原狀。可是，祢並沒有這麼做。」

良彥知道須佐之男命靜靜地倒抽一口氣。他甩開纏繞全身的靜電，挺直腰桿。

「……祢不想與荒魂、和魂齊備的哥哥重逢，是有理由的吧？」

須佐之男命文風不動，視線亦是一動也不動，筆直地凝視著良彥。

「大國主神把高天原發生的事告訴我了。得知妻女已死，自暴自棄的月讀命犯下的罪行，以及祢替祂頂罪的事。這些事別說凡人，連絕大多數的神明都不知情……不過我覺得很不可思議，祢為何甘願替月讀命頂罪？即使是為了兄弟，背負汙名可不是一般人做得到的事。」

良彥咬緊牙關對抗恐懼，望著原本不敢直視的須佐之男命的雙眼。

「對祢而言，替月讀命頂罪，將哥哥失去荒魂後的模樣烙印眼底，照顧行動不便的祂——才是贖罪吧？」

睜大的碧眼一瞬間動搖了。

「替從月亮下凡的月讀命妻女引路的……就是祢吧？」

此時，須佐之男命的腦中，被鎖鏈層層封鎖的記憶掀開沉重的蓋子。

月讀命企圖竊占高天原的謠言流傳開來以後，月讀命便立刻去找須佐之男命商議。再這樣下去，自己最珍視的家人或許也會受到危害。該怎麼做，才能保護正值可愛期的孩子及深愛的妻子？該怎麼做，才能證明自己的清白？

「既然是無憑無據的謠言，坦然以對就好。」

「不過，對方是一群無風也能起浪之徒。單我一神倒還好，若是等到妻女出事以後再思量對策，可就太遲了。」

月讀命的妻女，須佐之男命也熟識。笑口常開的妻子、遺傳了父親的聰明伶俐的公主，是值得哥哥全心愛護的家人。

「有沒有什麼安全的地方能讓祂們避避風頭？」

回答哥哥這個問題時是什麼心情，須佐之男命至今仍記得一清二楚。

「那麼凡間如何？」

當時，愚蠢的祂毫無心機地提出這個主意，還自以為是一條絕妙好計。

「若是留在日本，難保不會被找到；但若是前往大陸，對方要下手可就沒那麼容易。為了安全起見，將嫂嫂與姪女變為凡人後再下放凡間，就更不容易被發現。兄長也可以在夜之國保佑祂們。」

聽了弟弟的提議，哥哥喜形於色，立刻大讚這是條妙計。

「不愧是我的弟弟。」月讀命開心地笑道。

這讓須佐之男命感到萬分榮耀。

「這樣的安排只是暫時的，我一定會去接祢們回來。在那之前，就把月亮當成我，細數日子吧。縱使軀體化為凡人，待回到夜之國以後，再讓祢們登仙即可。」

送走妻女的那一天，從地上看見的月亮是藍得宛若能淨化一切、美得令人泫然欲泣的滿月。

「當湛藍色的滿月升起時，便是再相聚之時。」

月讀命與妻子之間的約定，須佐之男命至今仍記得一清二楚。

「拜託祢了，賢弟。」

自告奮勇擔任嚮導的須佐之男命，領著哥哥的妻女下凡。

完全沒料到那竟是一條通往悲劇的道路——

後來，時光流逝，孤獨與寂寞改變了哥哥，削弱祂的力量，月讀命再也無法追蹤妻女的行跡。祂並未責怪須佐之男命，但這讓須佐之男命更為自責。一想到高天原發生的事乃是起因於自己，替哥哥頂罪便成了理所當然的發展。縱使這麼做，又能承擔多少哥哥的悲慟？須佐之男命只能哀嘆自己的無力。

須佐之男命將牙根咬得吱吱作響。祂的腳掌使上了力，硬生生撐起搖晃的膝蓋。想忘也忘不了的記憶，以惹人厭的溫度重新播放。

「……兄長將記憶與力量封入荒魂中，是因為祂斬殺了大氣都比賣神。」

須佐之男命輕聲說道，吐出沉澱已久的熱氣。聞言，良彥倒抽一口氣。

「祂害怕自己又被恨意與衝動侵襲，再次鑄下大錯，所以自願分離出荒魂……你能明白我當時的心情嗎？」

巨大的手掌撫摸著在胸前搖晃的湛藍色勾玉。

「空虛，只有空虛。到頭來，我這雙手沒能保護任何一個人。就連我曾經立誓，即使必須與數億人為敵，也要站在同一陣線的兄長也一樣……」

須佐之男命縮起厚實的背，單手摀著臉。

「……然而，同時……我卻有些歡喜。」

彷彿有一道凍結聲響起。聽了從須佐之男命的嘴唇吐出的話語，良彥不禁皺起眉頭，懷疑自己是否聽錯。

從摀住臉龐的手指間露出來的，是沉入黃昏的笑容。

「保管荒魂，照顧只剩和魂、狀態不安定的兄長，給予我絕佳的懺悔時間。」

須佐之男命緩緩地撐起身子，再次望向良彥。

「差使，如你所言，荒魂在我手上，我卻不歸還，是為了我自己。這不過是愚神須佐之男命在自欺欺人，以為代行兄長職務，便能獲得原諒！」

在金紅色的夕陽照耀下，神社境內的樹木拉長影子，須佐之男命那雙散發著淡淡光芒的眼睛看起來好似在哭泣。

「如何？揭穿真相，你滿意了嗎？說中事實，你開心了嗎？差使，你這麼做究竟有何意義？月讀命已經不在，我失去贖罪的對象！還有什麼大義可言？」

「我才不管什麼大義……」

良彥眨了眨濕潤的雙眼，喃喃說道：

「我不是為了那種東西來到這裡……」

良彥忍住的淚水並不是屬於自己的，而是屬於想哭卻不能哭的男神。

「祢說只是自欺欺人，真的是這樣嗎？換作是我，一定害怕得不得了。一想到月讀命復原，得知事實以後，要是再一次地絕望……」

沙子在須佐之男命無意識間縮回的腳下摩擦作響。

「要是到時候又沒能支持住祂……」

「住口。」

「要是歷史再次重演……」

「住口！」

暴風從正面襲向良彥。良彥及時用右手護住臉，踩穩腳步。

「……之前我也替須勢理毘賣辦過差事。」

飛過的小石子劃破臉頰。良彥感受著這股痛楚，繼續說道：

「祂明明是一尊開朗、堅強又笑口常開的女神，卻失去被愛的自信。在這個時代，認真祭祀神明的人不多，就算是大名鼎鼎的須佐之男命，力量也難免逐漸衰退。這是無可奈何的事。」

良彥說道，並未伸手摀住滲出血的臉頰。

「祢會感到不安也是理所當然。」

須佐之男命背負的擔子太過沉重，稍一鬆懈便會壓垮祂。不能與姊姊分擔，連兒女都得隱瞞，獨自一神守著祕密直到現在。當祂一面質疑自己的自欺欺人，滿懷不安與恐懼，一面牽起什麼也不記得的哥哥的手時，不知是何心情？

見了前來尋找月讀命荒魂的差使時，不知有何感想？

「……兄長失去了一切。」

須佐之男命喃喃說道，眼神猶如注視著自手中流瀉的沙子。

「原來的樣貌與妻女皆不復在，連名字都只是模模糊糊地留在凡人的紀錄中……」

聞言，良彥平靜地開口說：

「……月讀命的妻女，是為了保護丈夫的名譽才從月亮下凡的吧？」

寧靜的境內隱約傳來流水聲。

「現在還有人在傳承這個故事。」

須佐之男命僵硬地轉過頭來，凝視著良彥。

「當成《竹取物語》的異聞傳承了下來。來自月亮的公主雖然死去，但她的孩子留下血脈，子孫建立王國，渡海來到古代的日本。」

宛若在追尋昔日所愛之人的身影。

良彥念出那個女性告訴他的那句話。

「當湛藍色的滿月升起時，便是再相聚之時。」

昔日哥哥說過的話語，重新迴盪於須佐之男命的耳邊。

當湛藍色的滿月升起時——

祂牢牢握著妻子的手，如此訴說。

——便是再相聚之時。

當時，妻子也用皓如明月的堅定眼眸點頭稱是。

——無論多少年，我都會等著與祢相聚的日子。

「……難道說……血脈還沒有斷……？」

須佐之男命愣在原地，搖曳著失去焦點的視線。

「啊……老實說，我不確定是不是祂的血脈。」

良彥也是聽來的，並未做過嚴密的調查，沒有確切證據。

「不過，確實有人在傳承這個故事。」

良彥拿出塞在斜背包裡的美術展導覽手冊。他攤開折疊的頁面，只見上頭大大印著在繪畫部門獲得最優秀獎的畫作。

「就像至今仍在祈禱能夠再次相聚一樣。」

靜謐的藍月下是再次團圓的一家人。父親、母親，還有年幼的女兒。黑髮的父親和金髮的母親身穿優美的長襬衣裳，髮絲隨風翻飛，女兒在正中央。三人帶著幾欲喜極而泣的表情緊緊相擁。

彷彿在訴說此後永不分離。

看著良彥出示的畫，須佐之男命戰戰兢兢地用手指輕撫畫中的男性。接著，祂似帶笑意地吁了一口氣。

「……和兄長……有幾分相似。」

同時，視野倏地模糊。

「……大國主神一直不願意告訴我這件事，祂說不想讓凡人承擔神明的紛紛擾擾。不過，我是差使……」

雖然不是自願成為差使，但是現在已經不能回頭了。

「或許我無法分擔一半，不過，至少讓我承擔一些吧。」

良彥露出自虐的笑容說道。

「神明和凡人就是要相互扶持，對吧？」

須佐之男命帶著懷念之情，感受著泉湧而出的淚水溫度。過去，曾有凡人鄭重地奉祀、撫慰淚流不止的祂，但當時祂只顧著自怨自艾，沒有好好面對他們。

現在祂能夠好好地面對嗎？能夠對這個凡人吐露心聲嗎？

太陽即將沉落西山，半邊天空都染上火紅色。

「……我擁有兄長的荒魂，卻不希望兄長復原，有一部分固然是出於不安與恐懼……」

隔一會兒，須佐之男命帶著忍受痛苦的表情吐露心聲。

「不過最大的原因是，分離荒魂是兄長自己要求的。因此，縱使動念，最終我還是會打消念頭……然而，如今連和魂也化為勾玉，失去兄長的失落感實在太大，直到此時，我才頭一次違背兄長的意願，希望祂復原……」

須佐之男命拿下掛在胸口的月讀命荒魂，又從懷中取出和魂。

「……可是，行不通。行不通。」

剽悍的男神雙手捧著哥哥的魂魄，猶如孩童般哀嘆。

一旁守候的黃金瞇起雙眼。

「須佐之男命，祢……曾試著讓月讀命復原嗎？」

良彥不禁瞪大眼睛，臉色隨即又黯淡下來。行不通——須佐之男命這句話刺入他的胸口。

「……我試過，試了一次又一次……我以為是因為身在出雲所以行不通，便特地來到這座神社，拼湊湛藍色的滿月許多次……可是……」

須佐之男命將兩塊勾玉反向拼湊在一起，形成一個大圓，只見勾玉一瞬間發出微弱的光芒，接著便毫無動靜。

「……就像這樣，只有微弱的反應。」

須佐之男命無力地說道，祂的背影似乎突然變小許多。

良彥走上前去，窺探祂的掌中。

「方法沒錯吧？」

只見分別點綴著金粉與銀粉的勾玉，靜靜躺在巨大的手掌中。以勾玉拼湊成湛藍色的滿月，確實是符合月讀命作風的復原方法。

「祢想得出可能的原因嗎？」

黃金也來到須佐之男命的腳邊，抬起鼻頭說道。

「……也許是兄長自己並不想復原。」

須佐之男命略微停頓之後，方才自嘲地說道。

「或許祂看穿了我的自欺欺人……」

「不，沒這回事。」

良彥立刻否定，仰望著高大的男神。

「月讀命比誰都清楚祢長年獨自背負著什麼樣的重擔，不會認為這是自欺欺人，更不會責備祢。」

良彥筆直凝視著須佐之男命，只見祂的海藍色眼眸一瞬間動搖了。

「……既然如此，就是單純不想復原吧。」

「那祂大可以毫無反應。雖然微弱，但是勾玉散發了光芒，代表祂有反應。」

良彥輕輕觸摸兩塊勾玉，冰冷的石頭觸感傳到指尖上。該怎麼做？還缺少什麼？構成月讀命的魂魄已經集齊，方法也沒有錯，要讓祂再次重生於人世，還需要什麼助力？

「……快想。」

良彥催促自己，咬住嘴唇。魂魄的結晶就在自己託付荒魂、信任有加的弟弟手上，還需要什麼？良彥左思右想，視線四處游移時，突然停駐在佇立於夕陽餘暉之中的黃金身上。

「……啊！」

他的視線循著自枯木縫隙間灑落的陽光，滑向空中。

在那兒的是曳著大紅裙襬的日輪女神。

「對喔……」

隨著話語吐出的是淚中帶笑的氣息。

「伊耶那岐神生下三貴子……這三尊神是同時誕生的，只有弟弟當然不夠。」

須佐之男命猛然醒悟，瞪大眼睛仰望天空。

良彥不知道傳不傳得到，不過，現在似乎只剩這個方法。

「——天照太御神！」

眼底映出白銀男神的溫和視線。

「幫幫我！我想再次喚回月讀命！讓須佐之男命擺脫過去！」

良彥灌注心願，扯開嗓門全力大叫。

「我想幫助祢的弟弟！」

心跳的間隔感覺起來格外漫長。

抬頭仰望的金紅色光芒灼燒著腦中，良彥忍不住閉上眼睛。他用雙臂護著臉龐，但視野依然炫目，不久後，周圍的聲音逐漸遠去。沒有風聲，也沒有鳥叫聲，萬籟俱寂中，唯獨光芒持續增強。漸漸地，就連上下感覺也麻痺了，良彥搞不清楚自己現在是站著還是坐著。

「黃金……」

良彥閉著眼睛呼喚狐神，突然有一股強勁的力量把他拽過去。他的胸口被硬生生地揪住，無法抵抗，只能任憑對方擺布。

「——大膽狂徒，竟以這種方式呼叫日本至尊，著實無禮至極。」

一陣清香飄來，隨即，一道陌生的男聲毫不容情地批判良彥。

「咦？是誰？」

「倘若遵循古法行降神儀式便罷，此等無禮行徑，斷不能容——」

被光芒刺得睜不開眼的良彥無法掌握狀況，以為自己會被痛毆一頓，忍不住繃緊了皮。然而，男子突然打住話頭，也不知道是在跟誰說話，隨後又不情不願地說一聲「遵命」。

「祢自個兒的態度更無禮吧。」

腳邊傳來黃金的低喃聲。祂在這陣光芒之中還看得見周圍嗎？

「黃、黃金，祢在……」

那裡嗎？良彥正要詢問，卻被比剛才更為強勁的力道壓住頭。他的膝蓋後方被踢了一腳，雙膝跪落地面，雙手也被放到地上，形成五體投地的姿勢。

「好痛！」

「來到御前，還不伏地叩首？」

良彥的腦袋被牢牢壓住，鼻子都快碰到沙地，只好乖乖從命。即使反抗，壓頭的力道大得令人難以置信，他根本無法動彈。良彥低下頭，遮去些許刺眼光芒，這才得以微微睜開眼睛。視野受到侷限，幾乎只看得見地面，他努力伸長脖子，才看見拖曳在沙地上的白色裙襬。

「……是誰？」

良彥定睛凝視，但無法獲得更多情報，只見異樣的光芒淹沒附近一帶。

不久，須佐之男命顫抖的聲音傳入耳中。

「……姊姊。」

須佐之男命會如此稱呼的只有一神。

「天照——」

沒想到祂真的來了。良彥忍不住抬頭，又被不容分說的力量壓回去。

「未經允許，不准抬頭！」

聽見這道斥責聲，良彥不禁咬牙切齒。這個男的到底是誰啊？

「姊姊，我把兄長——」

話說到一半，須佐之男命又吞了回去。

——對不起。

良彥似乎遠遠地聽見這道聲音。

「天照太御神！」

良彥以額頭抵著沙地大叫。那個男的只叫他別抬頭，沒叫他別出聲。

「如果祢來了，拜託祢！幫我們復原月讀命！」

「注意你的口氣！」

男聲制止良彥，但良彥不管三七二十一，繼續說道：

「須佐之男命一直獨自扛著的重擔可以放下了吧！再說，不只須佐之男命——」

良彥咬著沙子，擠出聲音。

「祢自己應該也很痛苦！」

女神並未回答。

雖然沒有回答，卻有一陣出奇溫暖的風輕拂身體。

隨後，淹沒視野的金紅色光芒變得越發強烈，良彥難以承受，只能再次閉上眼睛。眼皮底下映出的光芒從中心開始泛藍，一面畫圈一面擴散，與金紅色融合交雜，千變萬化，令人目不暇給，最後逐漸化成正圓形。

「……是月亮。」

良彥喃喃說道，聲音帶著些許淚意。

他絕不會看錯。那是支配夜之國，冰冷卻溫暖的湛藍色月輪。

——我想給祢看一樣東西。

良彥閉著眼，在心中默禱。

——是長年以來一直期待著再次相聚的湛藍色滿月。

畫中的一家人是作者的願望，同時是祂的願望。

「……祢並不孤單……所以，回來吧！」

須佐之男命一肩扛起的過去已經可以畫下句點。

藍光宛若在回應呼喚，變得越來越濃，猶似大海與天空的美麗藍色渲染了四周。澄澈的藍，溫柔地接住沉落其中的良彥，下一瞬間，又化為白色迸裂開來。

在良彥呼吸一次過後，壓著他的手與光芒一道消失了。他戰戰兢兢地抬起頭來，映入眼簾的是一如平時的日暮境內。他看見泰然自若的黃金，正想確認月讀命的情況時，突然響起一陣哇哇大哭聲。

「……真的假的？」

良彥窺探須佐之男命的懷中，不禁如此嘀咕。

「兄長……」

男神帶著泫然欲泣的表情注視著懷裡。

只見兩塊勾玉已經化為呱呱哭泣的嬰兒。

三

那一天傍晚，穗乃香和打完工的望約好在學校前見面。望先前說過若在美術展中獲獎，希望穗乃香陪她去某個地方，今天就是前往那個地方的日子。雖然望並未告知要去哪裡，不過穗乃香心裡有數。見了望重畫的那幅畫，穗乃香認為這是理所當然的發展。

「吉田同學？」

穗乃香仰望著染紅的西方天空，聽見呼喚後，遲了數秒才回過頭來。穿著印有高中校名的運動服走出校門的，是同班的男學生。由於座號相近，這個男生平時總是和她一起擔任值日生。二月以後是自由到校，穗乃香原本以為畢業典禮之前不會再見到他。

「妳在這裡幹什麼？」

他似乎是去了社團，背著運動社團的學生常背的亮面大包包。

「……等、等人。」

「哦？這樣啊。」

男學生問歸問，似乎不怎麼感興趣，舉起手來說了聲拜拜，便再度邁開腳步。

「呃……」

穗乃香對著他的背影開口，卻又不禁躊躇。現在才為了講義的事道謝，是否太遲了？或許他根本不記得，反而會訝異穗乃香在說什麼。

「啊，對了。」在穗乃香遲疑之間，男學生突然停下腳步，轉過身來。「最後一次當值日生那天，我忘記倒垃圾，是妳幫我倒的吧？社團的學弟看見跟我說的。」

這番意外的話語讓穗乃香睜大眼睛。

沿著步道騎來的自行車避開他通過。

「不光是那一次，平時妳也常幫我補做值日生的工作。我常常忘東忘西，多虧妳幫忙，謝謝。」

夕陽照耀著靦腆的笑容。

千頭萬緒湧上心頭，穗乃香使勁蹙起眉尖。高中生活在她的腦海中快轉播放。雖然苦多於甜，但或許是自己造成的。

「我、我才是！」

穗乃香在不知不覺間緊握雙手，用不輸給往來喧囂聲的音量說話：

「你幫了我很多忙，還幫我拿重物……一直沒跟你道謝，對不起。」

這麼簡單的一句話，為何說不出口？為何還沒說出口就放棄？有很多事，不說出來是無法傳達的。

男學生略微驚訝地瞪大眼睛，隨即又露出笑容。

「那妳不該說對不起，該說謝謝才對。」

這回輪到穗乃香露出微笑。

「——謝謝。」

清楚說出口的瞬間，體內深處的冰山似乎隨之融化。

⛩

「欸，還是回去吧？」

在校門前和望會合，擠在回家巔峰時段的人潮中慌慌張張地轉搭電車，抵達畫廊附近的車站時，只剩十分鐘就是打烊時間。

「都來到這裡了耶。」

穗乃香穿過剪票口，回頭看著望。

「可是……說不定會被拒絕……」

或許是為了緩和對於未知結果的恐懼，望刻意將不安說出口。

「說不定爸爸並不想見我……」

在美術展得獎的她懷抱的心願，便是和父親見面。她不知道聯絡方式，現在正要去拜託畫廊的主人居中牽線。

「爸爸畫的湛藍色滿月蘊含再次團圓的祈願……或許只是我一廂情願的想法而已。」

走出車站時，街道已沉入夜色之中。月亮高掛在天頂，再過幾天就會變成滿月。穗乃香仰望月亮，吐出白色的氣息。要和多年沒見的父親見面，穗乃香能夠體會她裹足不前的心情。

「……我不這麼認為。」

穗乃香回答，依舊仰望著月亮，望用視線反問她為什麼。

「也許我們過度解釋了湛藍色的滿月。」

彎過巷子的轉角，不知有無營業的咖啡店和拉下鐵捲門的舊書店之間的玻璃門仍然有光線外漏。

「我想，意思應該更單純。」

望不解其意，歪頭納悶。

「羽田野先生大概很喜愛藍色的滿月吧，所以才一畫再畫。」

雖然這只是穗乃香的猜測，但她覺得應該沒猜錯。

「因為那曾經是一家幸福的象徵。」

將一家人聚在一起說故事的回憶寄託於畫作之上。

望愕然地睜大眼睛，嘴唇顫抖，一句話也說不出來。

打開畫廊的玻璃門一看，只見剛好打完電話的店主回過頭來。他見到穗乃香，有些驚訝地抬起眉毛。

「怎麼回事？今天客人特別多。」

「快打烊了才跑來，對不起。」

穗乃香低頭致歉，踏入畫廊。不知幾時間，望像是抓著浮木似地緊緊握住穗乃香的手。

「呃，今天我們有事想拜託您……」

穗乃香看著望。接下來還是由她自己開口比較好。

「……望？」

畫廊裡傳來呼喚望的聲音，兩人不約而同地抬起頭來。只見背對她們坐在沙發上的女性驚訝地站起來。

握著的手一瞬間使上了力。

「媽媽……」

聽見望的這句話，不知何故，穗乃香有點想哭。

「……小妹妹，妳們也是要找羽田野唯司嗎？」

店主打量著母女倆說道。

「如果是，就等一會兒吧。我剛剛聯絡他，他大概三十分鐘後就到了。」

說完，為了不再讓客人上門，店主把正面的鐵捲門拉下一半。

「為什麼……？」

望依然握著穗乃香的手，詢問母親。僅僅三個字，母親便明白她想問什麼。

「班導師打電話給我，通知妳得獎的事，我去看了畫以後大吃一驚。沒想到妳還記得那個異聞。」

母親凝視著女兒，彷彿在她的身上見到某人的影子一般，眨了眨眼。

「真不可思議……我一直覺得沒臉見他，看見那幅畫以後，腳卻自然而然走向這裡。」

望忍不住奔向淚眼婆娑的母親。一動起見面的念頭便立刻前來這間畫廊，代表望的母親也一直關注著羽田野的動向，不過，最後推了一直裹足不前的她一把的，還是望畫下的那幅畫。

「小妹妹。」

從外頭回來的店主低聲呼喚穗乃香。

「她的名字是不是寫成希望的『望』？而不是『希』（註3）。」

「對，沒錯……」

「原來如此，怪不得羽田野老是畫滿月。」

店主一面撫摸下巴一面笑道。見狀，穗乃香也聯想到某個可能性。

「啊……是不是……望月……？」

註3：日文中，「望」和「希」都可念作「NOZOMI」。

經店主這麼一說，穗乃香才恍然大悟。

滿月的別名正是女兒的名字。

「哎，要問問看才知道。」

店主飄然說道，替客人泡咖啡去了。

是一家幸福的象徵？或是對女兒的愛？答案是何者都無妨。

看著和母親一樣淚眼婆娑的望，穗乃香的視野也跟著模糊。望對自己表露了許多祕密，還允許自己接觸她的祕密。或許有一天，會輪到自己對她說出祕密吧？還有好多隱藏的祕密沒對她說，不知她願不願意聽自己慢慢傾訴？

「穗乃香。」

穗乃香不願打擾他們一家團圓，本想悄悄離開，但是望出聲叫住她。

「都來到這裡了，妳就見證到最後一刻吧。」

望朝著穗乃香招手。

穗乃香努力擠出笑容，掩飾自己濕潤的眼眶。

四

走出東京飯田橋站西口，橫越大學附設醫院旁邊，於十字路口右轉。在超商與餐飲店林立的這一帶，隨處可見脖子上掛著員工證的上班族。大國主神混在他們之中又拐了一次彎，已然感應到的氣息變得更加濃厚。單槍匹馬闖進總本山，難免有些顧忌，因此祂很慶幸對方察覺自己來訪而換了個地點。只不過，怎麼不換間小一點的神社呢？

「……別來無恙。」

看見坐在通往神社境內石階上的女神，大國主神無奈地嘆了一口氣。一尊一臉忠犬樣的男神隨侍在女神身旁。

「祢也還是老樣子，扮成凡人的模樣四處遊山玩水。要是傷了我寶貝姪女的心，我會讓祢更傷心喔。」

女神穿著大紅襦袢與白衣白袴，一身不符合身分的簡樸裝扮，搖曳著高高束起的頭髮笑著說道。或許祂只是開玩笑，但聽在大國主神耳裡卻不是這麼回事，這正是最可怕的地方。

「這回我的功勞可不小啊。別的不說，為什麼我得替祢們姊弟擦屁股？」

大國主神把手插在連帽上衣的口袋裡，露骨地皺起眉頭。收到良彥差事已經解決的報告後，大國主神徵得須佐之男命的許可，將過去發生的一切全都告訴須勢理毘賣，結果這幾天來，須勢理毘賣不斷責備祂沒有早點告訴自己。

「還有，為何告訴我那件事？」

「我是很久以前說的，祢還記得反倒讓我驚訝。」

「那種事怎麼忘得了？」

坐鎮伊勢的女神一臉愉悅地將透明的視線轉向大國主神。

「沒什麼，不過是閒聊罷了，並沒有深意。」

祂面帶微笑如此說道。

大國主神臉頰抽搐，思索著該怎麼辦。大國主神早已隱約察覺自己被女神玩弄於股掌之中，雖然很想還以顏色，但女神身邊那條忠犬可不好惹。不只忠犬，祂身旁還有許多名聞遐邇的神明隨侍在側，只是沒有現身而已。縱使沒有其餘眾神，大國主神也拿祂無可奈何。

就連大國主神坐鎮的出雲——就連整個日本，都是籠罩在祂的光芒之下。

「……的確，我認為重情的大國主神應該會設法改變局面，只是沒想到竟是與差使聯手。」

思索片刻後，大國主神做出孩子氣的宣言：「今天我就先回去了！」便離去。待祂的背影消失於視野之外以後，女神抖動肩膀笑了起來。

「是不是太欺負祂了？」

「倘若看起來像是如此，那就是祢造成的。」

「與我何干？」

「我只是在模仿祢啊。」

女神說得理所當然，男神有些不服地挑了挑眉。

「不過，還是挑些大國主神喜歡的……啊，不，挑些姪女喜歡的禮物送過去吧。這樣對祂比較有益處。」

「遵命。」

男神望著邁開腳步的女神背影。

「要回去了嗎？」

「不，我想四處看看這座城市。」

女神回過頭來，眼中帶著柔和的光芒。

「之後順便去探望育兒中的么弟吧。」

姊神一直信守與須佐之男命立下的誓約，不與兩個弟弟見面，專心地照耀高天原與人世。

然而，無論經過多少歲月，那件事始終梗在心頭。

直到那一天應差使之請下凡。

「……沒想到我居然還得靠差使推一把。」

女神望著自己的掌心，輕輕地笑了。

撫摸臉頰的風帶著一陣暖意。

「請容我作陪。」

思金神一如往常，行了個誇張的大禮後，與女神並肩同行。

季節流轉，再過不久，春天應該就會帶來花香吧。

⛩

「你的心情看起來不錯嘛。」

巡邏一圈回來的孝太郎拿著竹掃帚，對著坐在通往大主神社境內的石階上觀看宣之言書的良彥說道。

「來我們神社有什麼事嗎？」

「咦？呃，我在等人……」

良彥連忙闔上宣之言書。雖然被看見也無妨，但若是孝太郎問起為何和一般的御朱印不一樣，可就麻煩了。

「你在等誰？」

「穗乃香。她約我去參觀朋友也有參展的美術展。」

須佐之男命召出「湛藍色的月亮」後，已經過了兩天。穗乃香似乎也有好消息，昨晚約他見面，順道報告。

「哦？就你們兩個人？」

「……對。」

「哦，這樣啊，但願你們能夠和平出遊。」

孝太郎語帶玄機，緩緩地摸索懷中。

「這是杉下太太送我的，給你當餞別禮。」

孝太郎遞給良彥的是用和紙包裝、看來頗為高級的銅鑼燒。

「……幹嘛給餞別禮啊？」

「別問了、別問了，至少補充點糖分吧。糖分在很多時候都是很重要的。」

那種充滿體恤之情的眼神實在太可疑，是在諷刺他根本不懂藝術，至少多補充一點能量，以免過度消耗腦力嗎？良彥剛接過銅鑼燒，在一旁整理毛皮的黃金便以迅雷不及掩耳的速度跑過來。這傢伙的心思真是一目了然。

「這麼一提，你之前提過月讀命的事，解決了嗎？」

正要返回社務所的孝太郎突然想起這件事。

「上次你不是問起月讀命和須佐之男命的相關故事嗎？」

「哦，那件事已經解決了。」

收在斜背包中的宣之言書裡，月讀命的墨字已經蓋上大海與劍組合而成的須佐之男命朱印，以及楓葉般的小手印。如果時間允許，待會兒他打算和穗乃香一起去拜訪那兩尊男神。

「啊，不過我還有一個問題。」

良彥再度回頭，望著走上石階的孝太郎背影。

「上次你說，打從一開始就奉祀月讀命的傳統神社只有兩間，是哪兩間啊？」

老實說，良彥一直感到好奇。不知是不是因為須佐之男命篡改歷史之故，現在流傳於凡世的神話中，月讀命這尊神有些虛無縹緲，不但典籍中的記述極少，即使追溯神社的歷史，也大多是奉祀月讀命以外的神明。在這些神社中，只有兩間神社未曾遺忘月讀命，讓良彥十分感興趣。

「哦，是月讀宮和月夜見宮，都是別宮就是了。」

「別宮？」

「也就是分宮，地位僅次於御正宮。是皇大神宮和豐受大神宮的別宮。」

「……換句話說？」

良彥有聽沒有懂，孝太郎對他投以啼笑皆非的視線說道：

「用非常簡略的說法，就是伊勢神宮的分宮之一。」

「咦……伊勢神宮，那不就是……」

良彥忍不住抬起腰來。

「天照太御神……所在的地方，對吧……？」

「不然還能是哪裡？」

孝太郎聳了聳肩，走上石階。良彥目瞪口呆地目送他的背影離去。

「關於月讀宮和月夜見宮的歷史，我也不清楚，所以只說現在的事實。」

黃金不著痕跡地從愣在原地的良彥手中奪走銅鑼燒，接著說道：

「就我的記憶，月讀宮的地位僅次於奉祀天照太御神的御正宮與奉祀其荒魂的荒祭宮。」

良彥再度往石階緩緩坐下，眨了眨濕潤的眼睛。

「……這樣啊……原來姊姊特地把弟弟留在身邊……」

良彥一直很好奇，當月讀命一怒之下失去理智，而須佐之男命替哥哥頂罪時，姊姊究竟有何反應？他甚至想像過，莫非姊姊趁機把所有責任推給弟弟，自己則是高枕無憂地繼續當高天原首領。不過，其中必定有良彥無法想像的苦惱與哀嘆吧。天照太御神坐鎮伊勢，卻刻意將月讀命的神社安置在身旁，或許是祂的贖罪方式。就和須佐之男命把照料白銀的月讀命當作贖罪方式一樣。

「祂們果然是姊弟。」

良彥面露苦笑，同時深切感受到月讀命有多麼受到姊姊與弟弟的愛護。

「這就叫雨過天晴吧，只是下雨的期間長了一點……祢已經開始吃了喔！」

某尊狐神豪邁地扯破銅鑼燒的包裝紙，立刻開始大快朵頤。

「怎麼，你也想吃啊？我可以分你一口。」

「至少分一半吧！還有，那是人家送我的耶！」

良彥板起面孔指責，隨即又虛脫地嘆了口氣。

「哎，算了，反正我本來就該跟祢道謝。」

「道謝？」

黃金用前所未有的狐疑眼神打量著良彥。

「要道謝去向大國主神道謝吧。關於這次敦促差使完成差事的手段，雖然我自認選擇了正確的道路，問心無愧，但是站在你的立場，應該覺得我不通情理。」

「是啊。不過，當差事改成尋找荒魂的時候，祢不也反對了嗎？」

「那是……」

黃金本想找藉口，又垂下耳朵，撇開了視線。見到祂這般舉動，良彥微微一笑。

神與人的關係極為敏感，尤其是神明，出於天性，越是親近凡人，越容易產生感情。雖然凡人只是飄落的一片樹葉、天降的一滴雨，但神明並非鐵石心腸，完全不講情面。只要看看大國主神，便能明白這一點。

從那天黃金一再詢問是否真要更換差事，也可見一斑。如果祂的目的只有完成差事，根本用不著這麼問。之後祂銷聲匿跡，也是因為留在良彥身邊會忍不住幫忙——這麼想是否太過善意解讀了呢？

「哎，神明本來就是蠻橫無理的，這不是早就知道的事嗎？」

良彥說著平時黃金常說的台詞，摸了摸黃金的頭。

「住手！要我說幾次！別亂摸我的頭！」

「好危險！祢的爪子很利，下手輕一點行不行？」

「你別做這種會受傷的事不就得了！」

「是、是。啊，穗乃——」

視野邊緣捕捉到等候之人的身影，良彥轉過頭去，卻因為苗頭不對而皺起眉頭。

「良、良彥先生……呃……不管我怎麼說，他都堅持要跟來……」

一臉困擾的穗乃香身邊，有個良彥也認識的修長男子。他穿著昂貴的黑色查斯特大衣，無框眼鏡後的雙眼正用看著廚餘般的眼神打量良彥。

「他聽說我……二月起不用上學……就請了特休假……回來……」

「今年我還有一堆假沒請完。休假避開決算月，是社會人士的常識，對吧？」

穗乃香的哥哥推了推眼鏡，敵意畢露。

「趁我不在的時候和穗乃香約會，你很有種嘛！今天就三個人一起玩吧？還是你要先回去也行喔。如何？」

良彥這才明白孝太郎祝他和平出遊是什麼意思了。

⛩

身穿白色水干、看來約莫五歲的幼童，興味盎然地在神社境內四處走動。祂那頭束起的頭髮是夜晚的黑色，充滿好奇的雙眼是月亮的金色。幾天前還在須佐之男命懷中哇哇大哭的嬰兒，以人類絕不可能達到的速度成長，宛若從竹子裡誕生的那位公主一般。

「祂的記憶恢復了嗎？」

毛茸茸的尾巴成了標的的黃金，好不容易才逃離這個小暴君。雖然祂也可以跟著良彥去看美術展，但是有那個哥哥在，鐵定會吵得不可開交，因此祂選擇單獨行動，誰知這邊也同樣不平靜。

「隨著成長慢慢恢復了。現在祂已經知道我是祂的弟弟，再過幾天，應該就會變成大人的模樣吧。雖然緩慢，但祂會確實想起一切。」

月讀命的荒魂與和魂拼湊而成的湛藍色月亮，化為嬰兒型態的月神。敞開的神社深處裝飾著良彥相贈的美術展導覽手冊。待月讀命想起一切之後，望的畫作應該會替祂帶來希望吧。

須佐之男命拄著臉頰躺在神社入口，瞇起眼睛望著拖曳小樹枝走路的幼小哥哥。

「自么女長大後，我已經很久沒有扶養孩子，不過，只要把兄長給我的還給祂就行了。」

黃金瞥了如此訴說的須佐之男命一眼。不知是不是黃金多心，須佐之男命的語氣似乎變得溫和了些，嚴厲的神情也有所轉變。這大概是須佐之男命原本的面貌吧。

「……結果還真的如祢所言。」

須佐之男命察覺黃金的視線，也將眼睛轉向黃金。

「無論我們怎麼說，良彥都沒有放棄。祢說過，他就是這樣的人。」

「他也只有不輕言放棄這一點值得讚許。」

「難怪祢如此欣賞他。」

「別誤會，我可不欣賞他。」

黃金予以否認，想起方才良彥所說的話，動了動耳朵。差事變更為尋找月讀命的荒魂時，自己的確不贊同，並一再詢問良彥是否真要這麼做。正因為知道可能會有什麼結局，黃金才試圖阻止。原本黃金只是為了要求他重新辦理自己的差事，方才一起行動，但不知幾時間，良彥漸漸變為一片特別的樹葉。老實說，這讓黃金感到困惑不已。當時，黃金清楚意識到自己對良彥有所偏袒。

幼小的哥哥把撿來的樹葉排放在高大的弟弟面前，又一溜煙地跑開。黃金目送祂的背影，改變了話題。

「……對了，我有事想問爾。」

「什麼事？」

須佐之男命撐起身子，指尖把玩著其中一片樹葉。

「從前，爾說過要掂量差使的斤兩對吧？有什麼令爾掛懷之事嗎？」

差使制度是大神決定的，須佐之男命沒有更動的權利。祂的目的究竟是什麼？

須佐之男命若有所思地轉動視線，點了點頭。

「……嗯，這和方位神也有莫大的關係。」

「我？」

聽到這個意料之外的答案，黃金歪頭納悶。

須佐之男命閉上嘴巴，搜索言詞。不久後，那雙深藍色的眼眸轉向黃金。

「……方位神啊，祢隨著差使見過那麼多力量與記憶衰退的神明——」

祂的雙眸映出四季流轉的和平日子。

而祂從未想過是從什麼時候開始的。

「該不會以為自己的記憶是完好無缺的吧？」

（附錄）神系圖

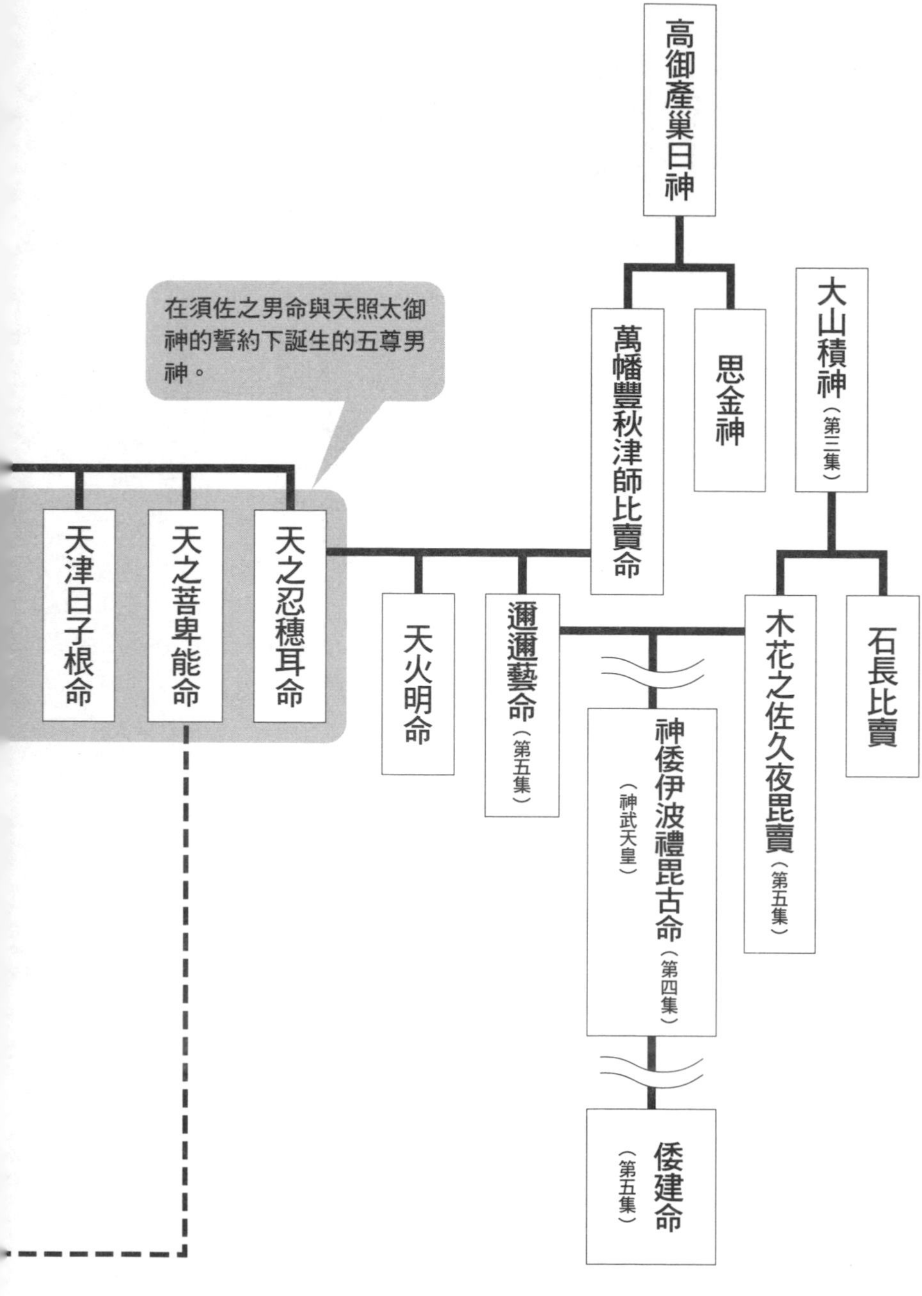
高御產巢日神
萬幡豐秋津師比賣命
思金神
大山積神（第三集）
在須佐之男命與天照太御神的誓約下誕生的五尊男神。
天津日子根命
天之菩卑能命
天之忍穗耳命
天火明命
邇邇藝命（第五集）
木花之佐久夜毘賣（第五集）
石長比賣
神倭伊波禮毘古命（神武天皇）（第四集）
倭建命（第五集）

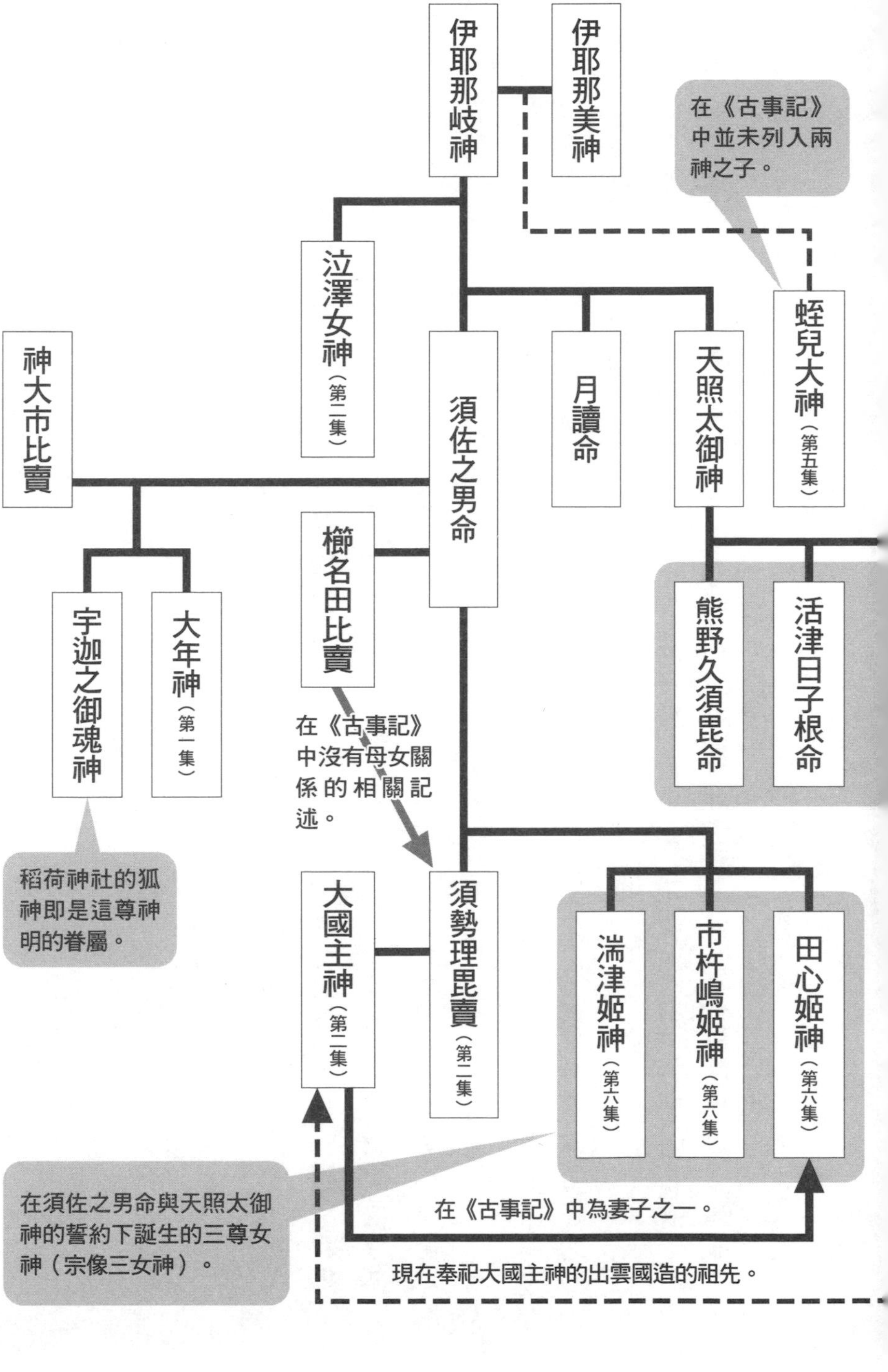
伊耶那岐神
伊耶那美神
在《古事記》中並未列入兩神之子。
泣澤女神（第二集）
須佐之男命
月讀命
天照太御神
蛭兒大神（第五集）
神大市比賣
櫛名田比賣
熊野久須毘命
活津日子根命
宇迦之御魂神
大年神（第一集）
在《古事記》中沒有母女關係的相關記述。
稻荷神社的狐神即是這尊神明的眷屬。
大國主神（第二集）
須勢理毘賣（第二集）
湍津姬神（第六集）
市杵嶋姬神（第六集）
田心姬神（第六集）
在須佐之男命與天照太御神的誓約下誕生的三尊女神（宗像三女神）。
在《古事記》中為妻子之一。
現在奉祀大國主神的出雲國造的祖先。

後記

（小心劇透）

本集是自第四集以來的長篇，而我同樣是和怎麼寫也寫不完的神祕狀況一路奮戰。不愧是須佐之男命老爺，就是不肯讓我輕輕鬆鬆地寫完。此時，大國主神又來攪和：「我也要，我也要！」而望也在一旁說：「把我寫得有特色一點啦！」甚至連思金神都突然開始展露心機深沉的一面：「妳以為我是順從的參謀嗎？」簡直混沌到了極點。在這一集裡，《古事記》的記述完全被推翻，良彥也面臨前所未有的苦難，希望讀者喜歡這樣的故事。

之所以寫下這次的故事，純粹是因為我對於月讀命身為三貴子之一，在《古事記》和《日本書紀》裡卻幾乎沒有記述而感到疑惑，猜測是不是另有原因才避之不提。月讀命與秦氏的關係純屬虛構，尚請見諒。

如開頭所述，秦氏向來被視為秦始皇的後裔，但是就我閱讀的資料，目前似乎也有學者認為秦氏是來自新羅的移民（《日本書紀》則說是來自百濟，這部分有點複雜，容我略過不提）。順道一提，說到新羅的移民，其實在「諸神的差使」系列中已經登場過了，各位讀者知道是誰嗎？二〇一七年春天，我在近畿日本鐵道的《近鐵報》上連載的隨筆主題也是祂。提到非時香木實，當然只能聯想到甜點之神——田道間守命。祂的高祖父天日槍（新羅王族）是在垂仁天皇的時代（西元前二十九年～）來到日本，而根據《古事記》所載，田道間守命的子孫（的妻子）生下了日後的神功皇后之母，因此神功皇后之子應神天皇（收留弓月君一行人的人）與田道間守命是有血緣關係的。第三集和第七集就在意外之處產生了關聯性。只不過，一如往例，《古事記》和《日本書紀》的內容不盡相同，因此事實如何也不得而知。

這次的附錄，是以第七集登場的三貴子為中心繪製而成的神系圖。一面在腦中彙整，一面想像：「啊哈～原來那尊神明和這尊神明是親戚啊。」應該很有趣吧。由於篇幅有限，無法容納目前登場過的所有神明。沒列入的神明在《古事記》卷末多半都有系譜圖，請讀者參照《古事記》。我用Excel畫得亂七八糟的圖，居然變得這麼井然有序，真的得感謝美編。真虧她能把系譜圖放進這麼小的空間裡……另外，我怎麼也無法把倭建命塞進去，本來還想在欄外放張人面鳥圖，但是以我的畫功，別說神明了，只怕會畫出可怕的怪物，所以最後還是打消這個念頭。我深信這是個英明的決定。

一如往常，交稿以後，我滿心期待著くろのくろ老師的插畫出爐。還記得看到封面的草圖

時，我大為感動。老師一定很仔細地閱讀了我為何想讓良彥坐在那兒的說明文吧。過去畫到神社時，雖然有做為原型的神社，但通常是經過大幅修改，或是使用與內文毫無關係的神社。不過，這次無論是封面或扉頁彩圖都是那座神社，可以感受到くろのくろ老師的顧慮（笑）。封面深處的鳥居是不存在的，只要忽視這部分，在當地或許可以拍出同樣角度的照片。月亮的方位也是虛構的，可別追究啊……

接下來，要向新刊一出就會被自動寄書到府的「Unluckys」，以及家人、親戚、祖先致上不變的愛與感謝。淺葉的身體是家人提供的糧食構成的。此外，這次又給兩位責編添了麻煩……我們討論了很多問題，印象最深的應該是談到天照太御神降臨時，以「娜烏西卡風」來形容那個情景吧！啦啦啦啦啦啦啦啦～

再來是內行人都知道的漫畫版《諸神的差使》一、二集，現正好評發售中。ユキムラ老師將差使的世界觀表現得淋漓盡致，請讀者務必搭配小說一起觀賞。那尊擁有鋼鐵心志的幼女神和出雲的夫婦神也即將在連載中登場了。

最後，願神明的光芒照耀拿起這本書的您。

那麼，第八集再會吧。

二〇一七年　六月某日　在梅雨停歇時仰望日輪女神　淺葉なつ

參考文獻

《出雲國風土記》 全譯註 荻原千鶴（講談社學術文庫）
《白話版古事記 眾神的故事》 竹田恒泰著（學研出版）
《古事記・再發現》 三浦佑之著（KADOKAWA股份有限公司）
《古事記外傳～須佐之男物語》 佐草一優著（神話路企畫）
《全白話文譯版 日本書紀（上）》 宇治谷孟譯（講談社）
《竹取物語 伊勢物語 大和物語 平中物語 新編日本古典文學全集十二》 校註・譯者 片桐洋一、福井貞助、高橋正治、清水好子（小學館）
《秦氏之研究》 大和岩雄著（大和書房）

國家圖書館出版品預行編目資料

諸神的差使 / 淺葉なつ作 ; 王靜怡譯 . -- 初版 .
-- 臺北市 : 臺灣角川 , 2018.06-
冊 ; 公分 . --（角川輕 . 文學）

譯自 : 神様の御用人
ISBN 978-957-564-279-2(第 7 冊 : 平裝)

861.57 107006329

諸神的差使 7
原著名＊神様の御用人 7

作　　者＊淺葉なつ
插　　畫＊くろのくろ
譯　　者＊王靜怡

2018 年 6 月 11 日 初版第 1 刷發行

發 行 人＊成田聖
總　　監＊黃珮君
總 編 輯＊呂慧君
副 主 編＊溫佩蓉
設計指導＊陳晞叡
印　　務＊李明修（主任）、黎宇凡、潘尚琪

台灣角川

發 行 所＊台灣角川股份有限公司
地　　址＊105 台北市光復北路 11 巷 44 號 5 樓
電　　話＊（02）2747-2433
傳　　真＊（02）2747-2558
網　　址＊http://www.kadokawa.com.tw
劃撥帳戶＊台灣角川股份有限公司
劃撥帳號＊ 19487412
法律顧問＊寰瀛法律事務所
製　　版＊尚騰印刷事業有限公司
I S B N＊978-957-564-279-2

香港代理＊香港角川有限公司
地　　址＊香港新界葵涌興芳路 223 號新都會廣場第 2 座 17 樓 1701-02A 室
電　　話＊（852）3653-2888